棒球人生賽

6th

蠢羊——編繪

CONTENTS

第39回．困滯

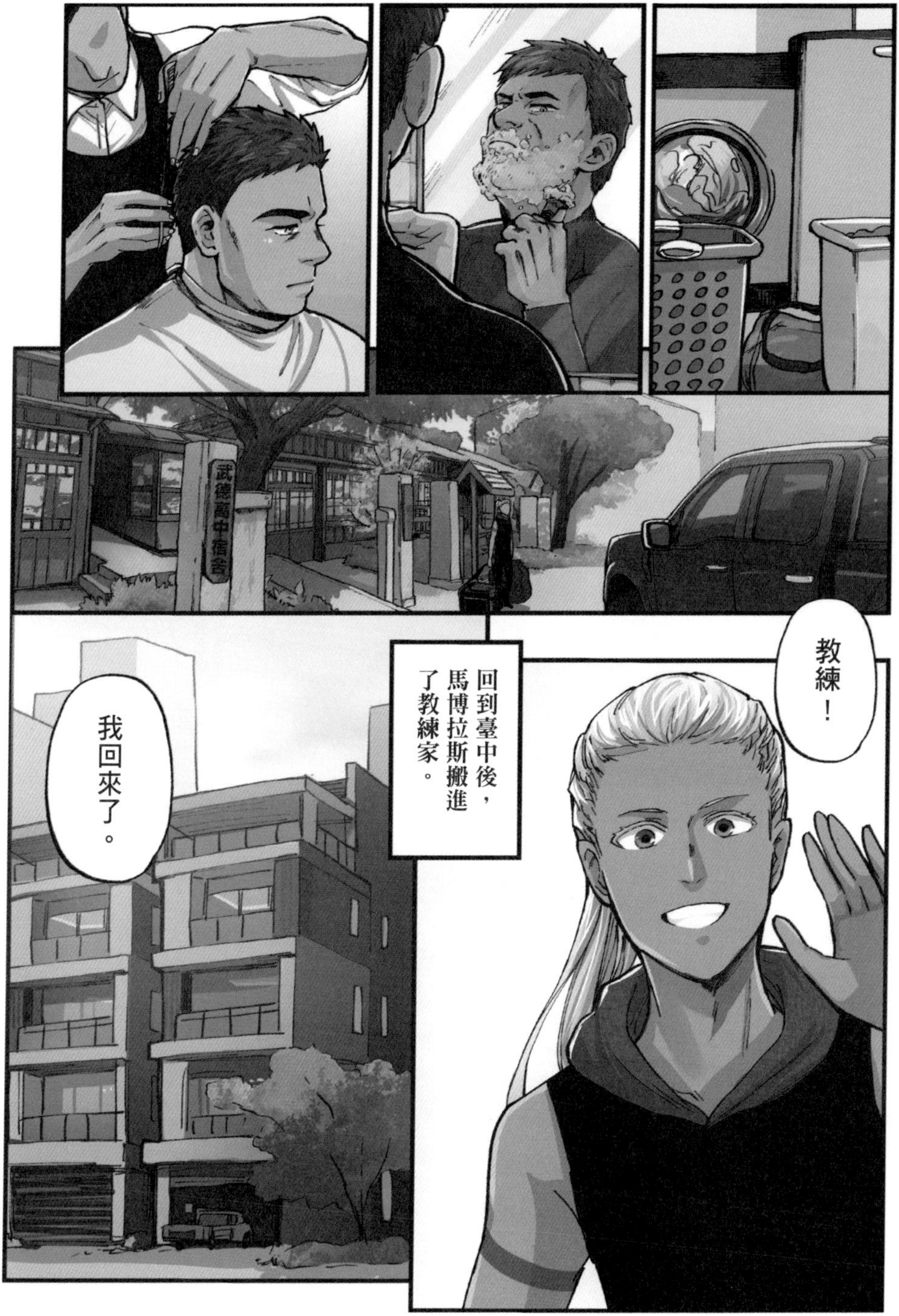
武德高中宿舍
教練！
回到臺中後，馬博拉斯搬進了教練家。
我回來了。

把拔！把拔！
大葛格你號！我叫小秀！
小秀小聲點。
尼的頭髮豪漂釀！
閃閃發亮的頭髮耶！
我帶你去房間。
我帶尼去看，昨天把拔買給我的新玩具！
好。
小秀不可以這樣。
以後你就跟著我作息吧。
好。

教練還有一個兒子嗎？
對，我的大兒子。
如果他跟我一起回臺灣的話，你們就會是隊友。
不過他想留在美國發展，這樣也好。
大葛格！
咗咗豬要開始了！快點下來！
抱歉小秀的中文不太好，只能看英文版的卡通。
不會，我以前在教會學過羅馬拼音跟英文，還能懂一點。
不好意思還要你陪她……
小秀，妳也要教馬博拉斯哥哥英文，知道嗎？

No Problem!我要綁馬博拉斯哥哥的髮型！
他很安靜，適應得也很快，應該是個聰敏的孩子才對。
上高中後他沒有再吵著說要回來，
他一定是喜歡這個球隊吧，非常謝謝你照顧他！
我以紅葉獵人的名義保證，我兒子他真的非常厲害！
到底在他身上發生了什麼事？
起床，來二樓訓練室。
好！

住在我家就要按表操課。
是。
訓練完吃完早餐就去和球隊會合。
是。
問。
為什麼教練一直穿著高領排汗衫？
不想一直被攔下來。
回臺灣後每天至少會被攔一次。
掀起
明白。

教練不是已經退休了嗎？
即使不用比賽了，也還是把自己當成選手那樣自我訓練嗎？
……
因為，我覺得人生已經停止在那一刻。

只有投球……才能感覺自己依然活著。
該去臺中球場與大家會合了。
是。
很久沒見到我們的王牌投手了。
是啊。
教練指的是哪一刻？
退休嗎？還是達成某個紀錄的時候？
雖然各自有著許多好奇，但眼前還有更重要的事……
必須要打贏接下來連續四場比賽，
搶到全國大賽的門票才行！
武德
Bú-Tik

你們也變得太黑了吧！
是不是很像從屏東回來的啊？
黑─
我們人數沒多到能有二軍啦！
畢竟山上沒有任何遮蔽物，紫外線超狠啊。
啊！
阿峰你是不是長高了？
兩個星期沒見而已，真誇張啊～
啊啊我們不是差不多高嗎？
應該吧，擺攤以外，我都在睡覺。
三振……灰……三振。
哥在說什麼？
湯德灰啦，一個哥哥討厭的笨蛋。
要睡去床上睡啦哥。
累死
可以的話請再長高十公分，體重再增加二十公斤。
啊教練。
你當捏角色，說長就長？
好啦，就用這場比賽來驗收集訓的成果吧！
臺中區有兩張全國大賽門票，我們很幸運沒跟臺灣大中港分到同組。
真的是還好～
不然出新手村就被秒殺囉。
今天的對手是金弼高中，非科班。
武德
Bú-Tik

別以為隨便打就好，我希望你們能測試自己的體能有多大的變化。
對普通班哪測試得出來啊？
不夠強的我可是不打的喔！
大家的氣勢和整體氛圍都變好了呢。
你就是武德的王牌投手，林峰生嗎？
……對有什麼事嗎？
金彌

※：我hen有錢隊。2019年以募資的方式邀請讀者支持本漫畫創作，其中「樸實無華」方案是最高金額，贊助者可指定一支球隊的設定與臺詞。贊助者當初指定

說什麼鬼話！沒禮貌！
有錢了不起嗎？蛤？
幹嘛突然用錢打人啊！
我們阿峰才不是能讓你這樣侮辱的人！
對吧？阿峰！
這傢伙的雙眼被蒙蔽啦！
錢錢…！
武德 Bú-Tik
能用錢解決的就不是問題。
還有誰想被侮辱的就乖乖坐下吧。

……可惡！
我也可以嗎……
教練！危！
峰生。
！
你知道我在大師聯盟時，最高的年薪拿多少嗎？
多少？一百萬？
你猜猜看。
往上
兩百萬？
三百萬？
美金。
？
美金的匯率是多少……？

我用手機算給你看多少啦。
……!?
這只是薪水，還有各種代言廣告等等的額外收入喔！
你要現在拿地上這些，還是之後再賺那些天文數字？
……
給我把錢拿回去……
!?
可惡，他不是很缺錢嗎？
情蒐明明……
我是缺錢沒錯……
但還不至於被你用這點錢侮辱……

至少要侮辱我十次以上啊！
不要在這種事討價還價。
嘖……看起來是交易失敗了！
本來不想動手，只好來硬的了！
本來就該來硬的啊你們。

不給暗號
啊……
我想看看他
自主訓練的
成果。
STRIKE！
峰生的球變
得好銳利！
節奏變好快！

！
不信跟不到你！
OUT！
峰生……！

嘿，不錯嘛你！
武德
Bú-Tik
峰生竟然會補位了！
STRIKE！
STRIKE！
其他人的速度也明顯上升不少。
山上特訓讓追球判斷變得很好呢！
三振！
幹得好，你終於不是菜鳥啦！
你才菜鳥。
我可是經歷了魔鬼訓練的好嗎？
他也變強了……
這樣下去應該會很順利吧！
比賽結束！武德高中晉級第二輪比賽！
武德 5
金獅 0

幹嘛不給我暗號？
啊你不是能解決。
給暗號喔你。

第40回．孤注一擲

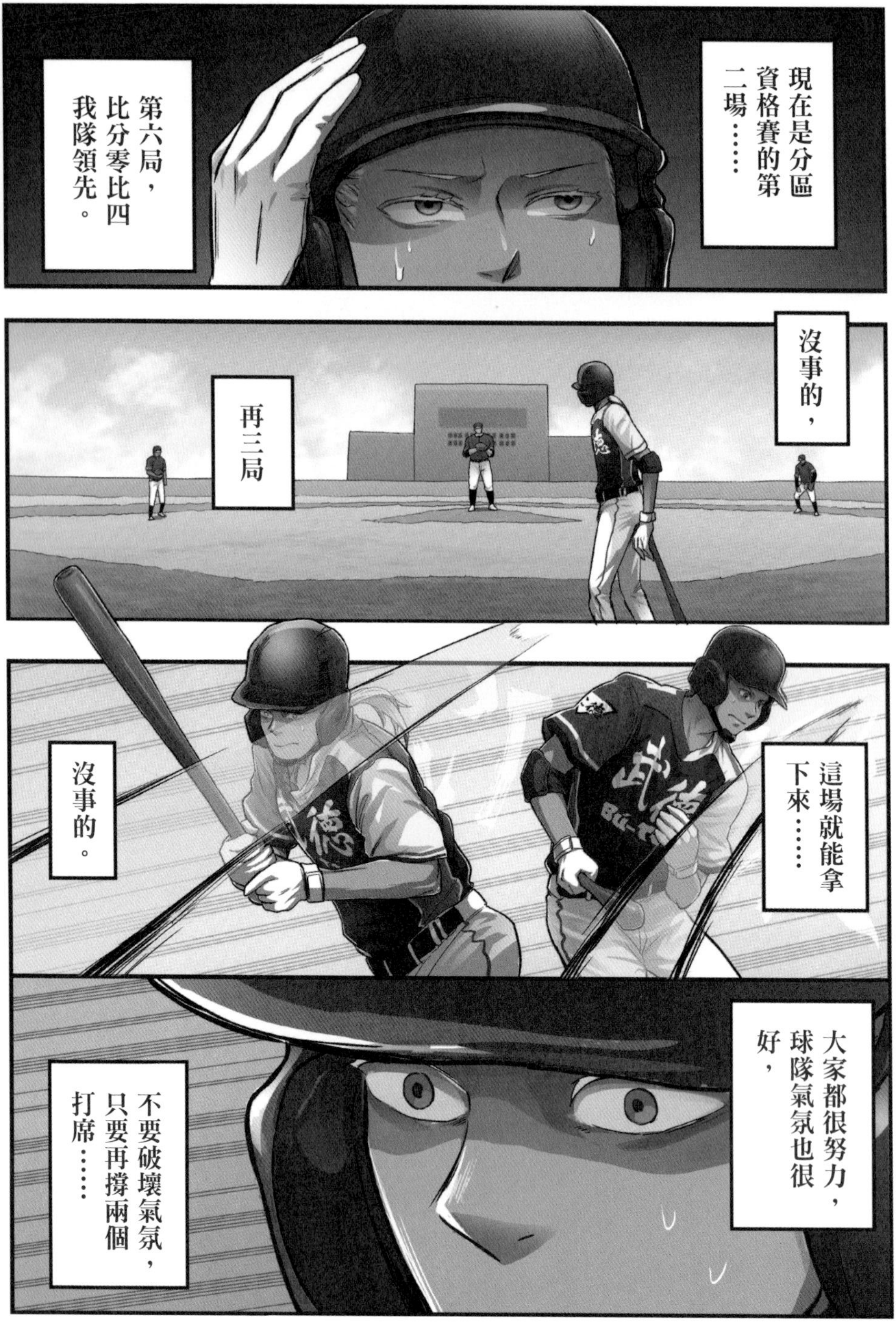
現在是分區資格賽的第二場……
第六局，比分零比四我隊領先。
沒事的，
再三局
這場就能拿下來……
沒事的。
大家都很努力，球隊氣氛也很好，
不要破壞氣氛，只要再撐兩個打席……

Kán！不會塞內角就不要一直塞啊！
馬博拉斯！
沒事吧！
沒事，擦過而已。

還是一樣
沒用啊，
馬博拉斯。
你扛第三棒喔？
你們球隊一定
很缺人吧？
我可是只看過
你坐板凳的樣
子呢，
三流球員。
棒球圈就這麼小，
遲早會遇到的。
快冷靜下來……
學長……
得完成比賽，
讓球隊搶到
全國大賽的
門票……

教練！馬博拉斯從比賽開始就怪怪的！
他怎麼了？
我發現的時候有問他，可是他什麼都不肯講……
欸你臉色不對，要換人嗎？
不行，這場比賽很重要……
今天的對手不好打……
不能冒險換候補……
就是因為對手不弱，才更不能出錯啊……
我會儘量幫你顧飛球，你真的不舒服就跟教練講。
他如果想扛就不要強換他，只剩三局了。
是沒錯啦……
很明顯啊……

哪裡都有想惹事的傢伙……
得盯住那個18號。
啊啊！

討厭……

你幹什麼啊！
波濤洶湧得很喔！
不想被摸就不要跟男生打啊！
長那樣還以為有人想要碰喔？

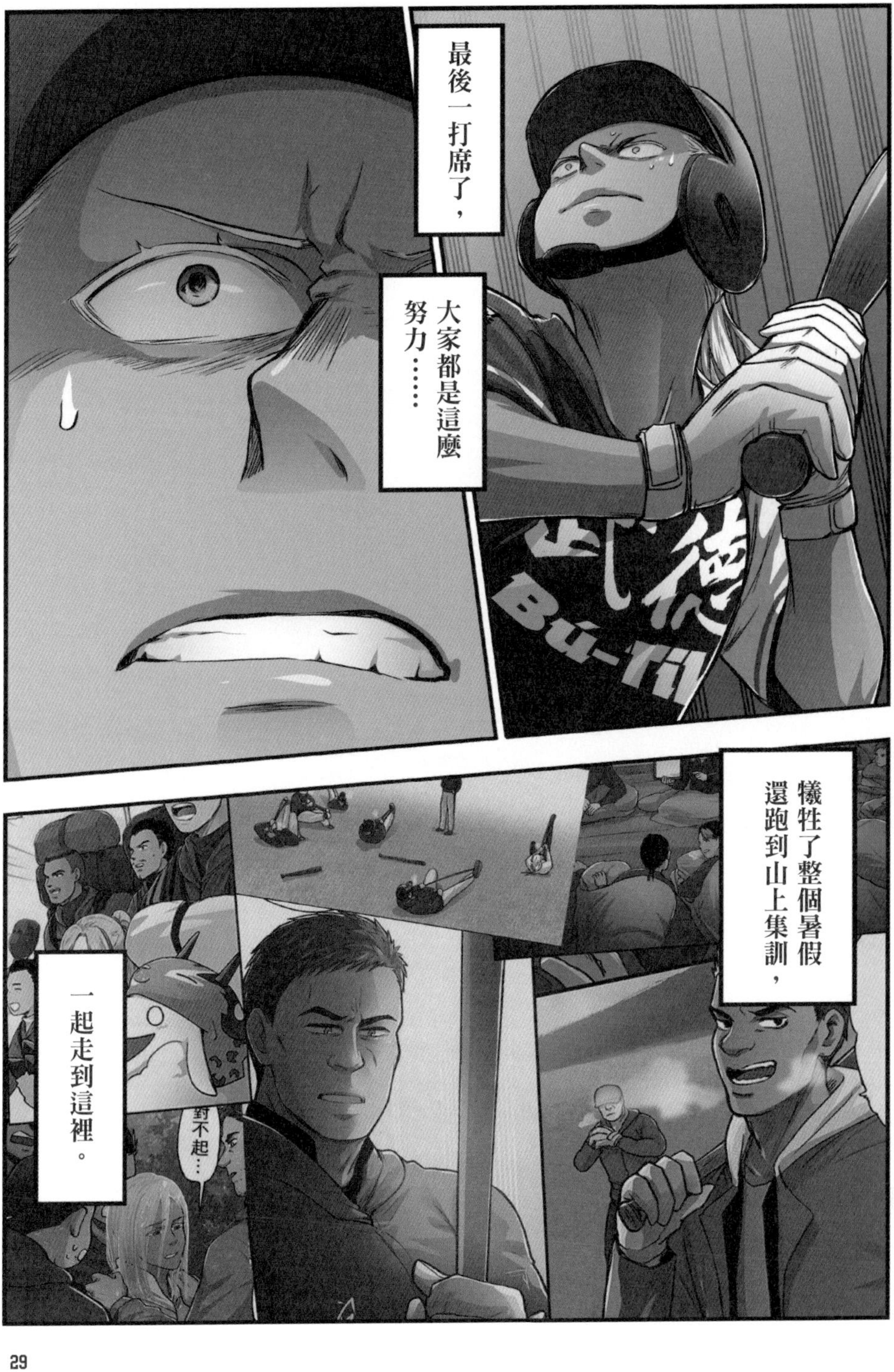
最後一打席了，
大家都是這麼努力……
犧牲了整個暑假還跑到山上集訓，
一起走到這裡。
對不起…

不能拖累……
大家……

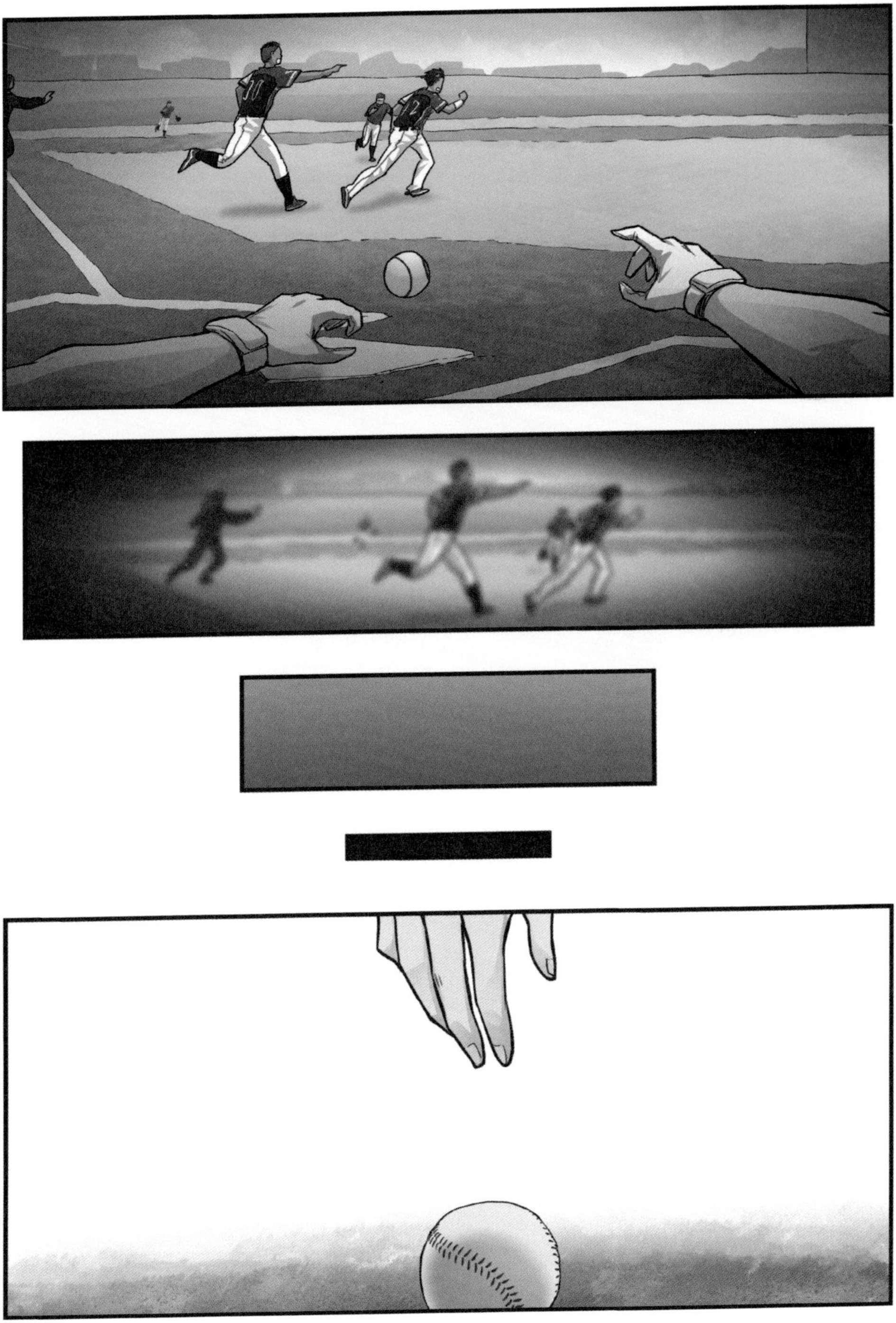

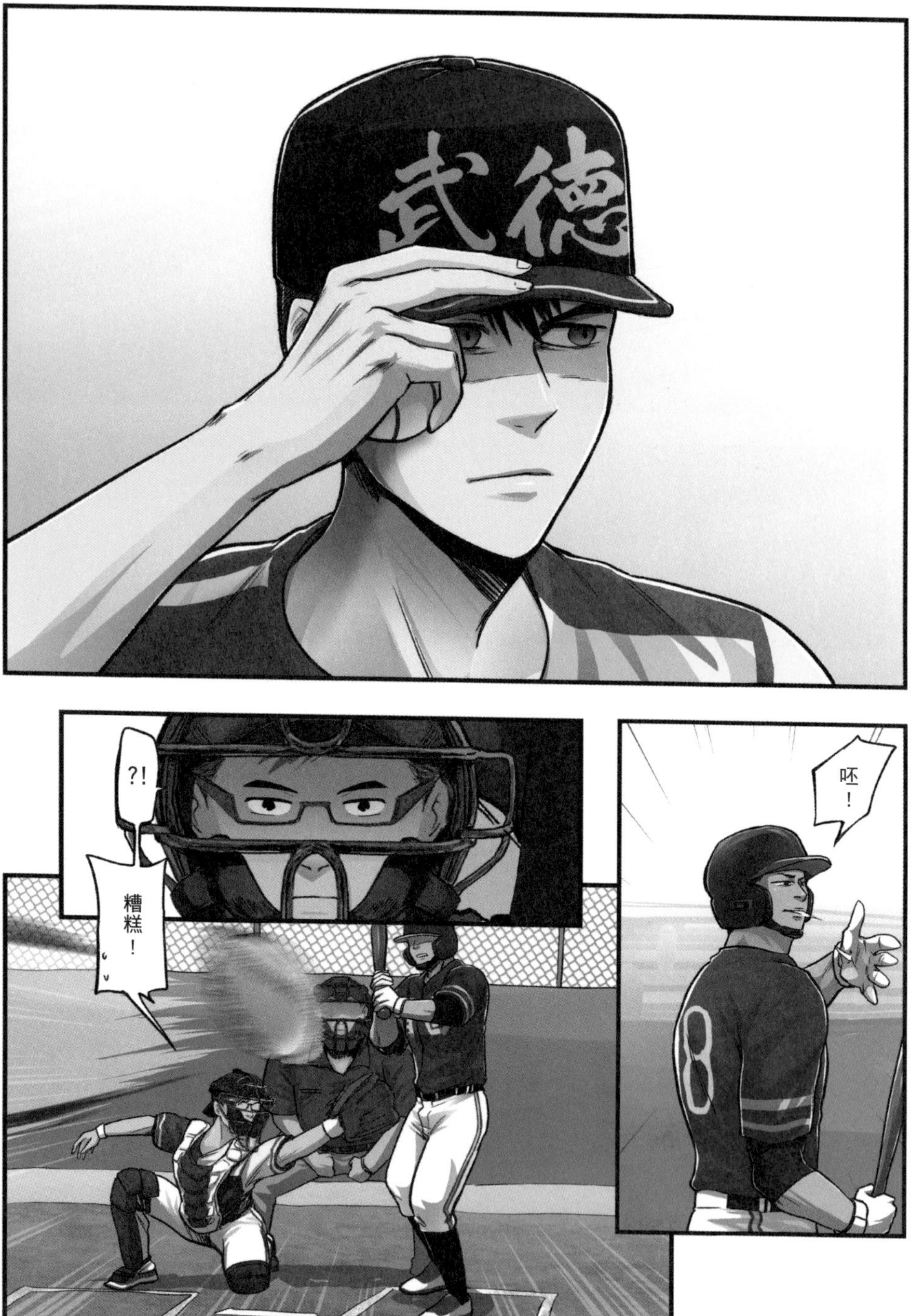
武德
?!
糟糕！
呸！

哇啊啊啊啊——
救護員快來！
好痛啊手啊！
痛死了！
我的手、手！
峰生……
峰生的控球不可能失投……
再給我一個新的球。
他從一開始就瞄準了對方的手！

方肆天、高能……禁賽兩場。
網路新聞也登了……還好沒被直接取消資格。
明明就對方故意丟人！
那是裁判的工作，你們不該動手的。
可是他們超沒品耶！
我跑壘時被防守員絆。
我也被踩腳～
你不會也剛好被踩吧？
就這麼剛好我也被踩了吼！
而且裁判根本不想管啊！
對方一落後就各種小動作耶！
對方打髒球不代表你們也要一起髒。
學生棒球跟職業賽事不一樣，你們應該把比賽放在最優先。

清板凳可是沒有專利的喔！
雖然我超愛看職業組清板凳啦！
……
而且馬博拉斯都被打到送醫了耶。
Kán！我該打死他的！
峰生，你那球丟得對！死好！
打球不是靠拳頭，
肆天我知道你挺自己人，但現實就是你被禁賽了。
你這麼亂來會讓我們很困擾。
亂來!?你說我在亂來？
別人欺負我們隊友……
糟糕，肆天……
我是幫他出氣！
你冷靜！
你身為教練又做了什麼！

以為能打全壘打，就算是個棒球員嗎？
你是站在球場上還是街口？只會拿球棒打人嗎？
Kán！輪不到你教我怎麼使用球棒啦！
美國回來的又怎樣，當我怕你？
喂，沒必要這樣吧。
有種單挑啊，你這個只會嘴的廢物教練！
Bú-Tik
……
武德
好啊。
要打，就來用棒球打。

幹嘛跟小孩子認真啊你……
幹嘛啊……
真的要打喔…
早就看你不順眼了。
今天絕對讓你跪著跟恁爸道歉，Kán！

武德
Bú-Tik

好麻！
可、可惡，我才不會……
我的生命已停止在這一刻……

這就是當年我在電視轉播上看到的……

火球的鷹男！
這樣夠了嗎？
空有蠻力是沒辦法打好球的，
你會的東西在球場上是沒用的。
沒用？
連兄弟被欺負都不挺他的話，
再強又有什麼用！
但是你會被禁賽，只能坐在板凳上的你，
就只能當個沒用的廢物，
方肆天。

肆天！
啪
還是動手啦！
等等！
你要去哪？
肆天！
喂！
先冷靜下來！
老子不打了，Kán！
別鬧了，肆天！
你不打球的話，要做什麼……
Kán！

呃啊！
嗚！
好痛……
……Kán。
Kán [redacted]啊啊啊啊——！

為什麼話不能好好說啊……
男生怎麼都是這種笨蛋啦……
……

去把他帶回來。
就只是禁賽兩場而已，
打進全國大賽後我還是需要他。
我需要球隊所有人的防守，還有得分。
武德
Bú-Tik
他是不是更生氣了啊……
是你叫我來打球的，教練。
啪
也是你把我們的得分主力趕跑，
你要負起責任。

阿南不知道有沒有跟上去……
你先去穿衣服啦！
偏偏高能跟肆天又是四、五棒……
攻擊火力整個差超多，
而且還有兩場比賽要贏……
可是我們棒子夠嗎？
雖然峰生很強，
可是總不能真的要他用主角光環硬扛吧？
哪可能啊，接下來都是打科班耶，
而且現在連阿南都不接我電話，
得先把人找回來才行！
欸。
怎麼了？

要找人的話，拜託哥哥他們吧？
對喔！哥哥他們的話一定可以的！
我們都問問看吧！
……
嘟
……嘟
阿南
可惡這臭小子……
沒辦法了，峰生！
？
我們真的缺棒子，你不能光等勝投入袋了，必須自己勝投自己打！
蛤？

明明自己以前也經歷過……
對這種不能打不能罵的學生，到底該怎麼做？
得去找人才行……但是根本不知道他會去哪。
瀑雲應該已經去找了吧……每次都是讓她收拾爛攤子。
教練！
我們找到肆天了！
！
只是他……

沒關係，告訴我在哪！
我一定會把他帶回來！
都這樣跟孩子們保證了……
你就是伊的教練喔？
欲暗仔有一箍大欉的雄雄傱入來宮裡，講伊毋練球矣欲踮佇遮。
傍晚 大個子 衝 說 他不打球要待在這
看起來你無共球員顧予好呢，教練。
把
那個肌肉過剩的笨蛋……！

我遮抂仔好
咧欠人，
伊敢若和阮兜的
囡仔交情誠好，
予伊留佇廟裡
鬥相共我袂反對，
橫直我嘛收留袂
少這款毋去學校
的囡仔矣。
這馬代誌會變
按呢，確實是
我愛負責。
教練……
天公伯啊哪
會按呢……

彼个(這個)連頭殼內底攏(全部)干焦(只)有筋肉的白痴……！
強強！我毋練球(不打球)矣！以後我共恁(跟你們)鬥相共(幫忙)就好！
喔？
Kàn哪會遮濟(這麼多)人？
強強，恁(你)朋友的漢草袂䆀(不錯)嘛。
大的小等一下，阮是熟似(認識)無毋著(沒錯)毋(不)過伊(他)有咧(在)拍球佮(跟)讀冊……
喔？按呢(這樣)應該是佮(跟)教練冤家(吵架)。
按呢就先關起來，看個(他)教練敢有彼个(那個)膽來討人。
完了。
偏偏揀(挑)大的個(他)阿兄佇(在)咧的時陣(候)來……
但是，

!
啊啊。
我往擺嘛行過這條路，
我知影彼个囡仔無適合這條路。

哇~~塞！全甲1
Kán這個aniki2身材也太好！
哇啊啊
太帥了吧大哥！我才半甲1而已！
看得我也想去給他補到全甲了！
後來落尾我身軀邊的人勸我繼續拍球，我才有機會去國外。
方肆天，今仔日走來共恁攪擾的彼个囡仔伊的性地其實足單純，
伊的頭腦簡單甲干焦適合拍球。
啊小等，
歹勢借問一下，aniki你手遐哪會刺一隻呸呸豬？
……

1：全甲半甲指刺青的面積，全甲刺胸膛到手臂，半甲刺肩甲和大腿。

2：日文大哥之意。

3：文法完全不對的臺式日文，大概的意思是稱讚教練是位超讚的大哥。

肆天，咱來轉矣。
回去了
教練……
多謝你，按呢阮就莫閣共你攪擾矣。
不再
打擾
！！
有點太順利了……

發生什麼事都別下車。
教練⋯⋯

我彼場開(花)真濟(多)插(押)你贏。
……
你敢知影(知道)是佗(哪)一場？
就是予(被)你舞(搞)甲(得)亂七八糟彼場。
……！

大家攏講你佇米國投甲遐爾好，
絕對愛揣你轉來替臺灣出賽，
結果咧，
我險險賠甲袂褪褲走路矣。
……
閣予我一擺機會，
我全款會插你贏啦！
！

彼个時代啊，
彼个時代的足濟（很多）人，除了咧拍球的以外，
猶（還）閣有讀冊的、做生理（生意）的、教冊的或者是舞（搞）研究的一大堆，
尤其是舞（搞）政治的上濟（最多）啦。
攏（都）無法度（沒辦法）轉（回）來臺灣，
等甲個會當轉來（等到他們可以回來）嘛（也）有真濟（很多）人規氣（乾脆）毋轉（不回）來矣。
阮遮的（我們這些）留佇（在）臺灣的，嘛（也）感覺真孤單。

咱臺灣真正需要有人繼續共（把）國外的物件（東西）傳（帶）轉（回）來，
像你這款（樣）的人，有啥物（什麼）困難就來揣（找）我。
彼个囡仔（那個孩子）這擺（次）就先還你。
猶毋過你欠我一擺（次）。
記佇壁堵（記在牆上），毋免偌久（不用多久）你就會轉（回）來揣（找）我矣。
……轉（回）來拜拜謝願（還願）猶（倒是）閣會用得（可以）。

千萬毋通阮這代按呢……
為著錢，
連上愛的物件攏提來跋。

教練？
我在送肆天回家的路上。
太好了……對了，阿南他有在旁邊嗎？
沒有。
他還沒回家，也不接電話……算了，肆天就拜託了。
嗯。
阿南？
Kán……一定是我打了他的關係！
以後想打人就去打球。
不行，教練我就是想打人！
你不能打人，去打球。
我就想打他！
打人犯法。
但是我就想打他！
那你還會被禁賽。
可是我真的很不爽！
那就去打球。
打人就是比打球爽！

你還是去打球。
Kán X娘。
我也不知道為什麼要跑到那裡，踏進去的第一步我就後悔了。
當那些弟兄衝上來的時候我真的嚇死了。
我整個後悔，真的覺得自己跑不掉了。
可是又拉不下臉說我怕……Kán，
我還揍了阿南……
他是我唯一的朋友，啊Kán X娘我好難過Kán！嗚嗚……
怎麼辦他不見了！
馬的……
這孩子果然還是十五歲而已……

猴死囡仔你是走去佗（哪）？緊入來，阿媽煮豬跤麵線予（給）你食！
方、肆、天！你跑去哪了！
我從臺北衝回來耶！
你這个囡仔哪會遮爾愛烏白走（亂跑）……
……
你就不能讓你阿嬤跟我放心點嗎!?
單親家庭，隔代教養……
對不起……
啊你一定是教練吧！
是，妳好。
真對不起我家小天一定給您添了很多麻煩！
拉

肆天也真是的，說他笨也不是，但也不怎麼聰明。
接到學校電話時人家真是擔心死了，教練！
方肆天！你就不要給我變成爛男人！
不然老娘就親手閹掉自己的兒子！
給我聽好，方肆天你老娘我不需要你賺錢孝敬。
對不起！
給我乖乖讀完書，交個女友，男友也沒關係，
當個乖孩子這樣的要求很難嗎？
小雅啊，天天伊有乖乖仔轉回來矣，妳就莫共罵啊啦。
對不起，阿母，
我真的知道錯了。

教練！
！
對不起，我明天會去練球的。
那就好。
那是你媽？有點猛……
那當然！
她在臺北林森北路做媽媽桑，當年她決定要養小孩後，就找了個身材很好的外國客生下我了。
所以我的皮膚是這個顏色。
真的很猛。
各種方面。
明天見！
呼……

張南山？
你哥在找你知道吧？
……肆天他家境不好。
而且以前身材很矮小，所以常常被欺負、被看不起。
我家除了用廟裡的資源幫忙他們家以外，我啊也花了很多時間在幫他。
不然他太笨了，一下子就會走歪。
教練，你差點害我撿回來的狗回去當條野狗了。

狗？他們不是朋友嗎？
我和肆天和解了。
他也感謝我去接他，他跑去慈恩宮，差點被角頭帶走，他嚇壞了。
對吧，他很笨。
我差點就想要幹掉教練了，
不過還好教練很聰明。
我要回家睡覺囉，教練掰掰。
他到底在說什麼？跟他哥個性完全不像……
幹掉？
總之這個也回家了。

今天真是漫長啊……
還好老婆已經把馬博拉斯給接回家了。
那孩子是這群傢伙中最乖的一個……
今晚總該不會再有事情了吧。

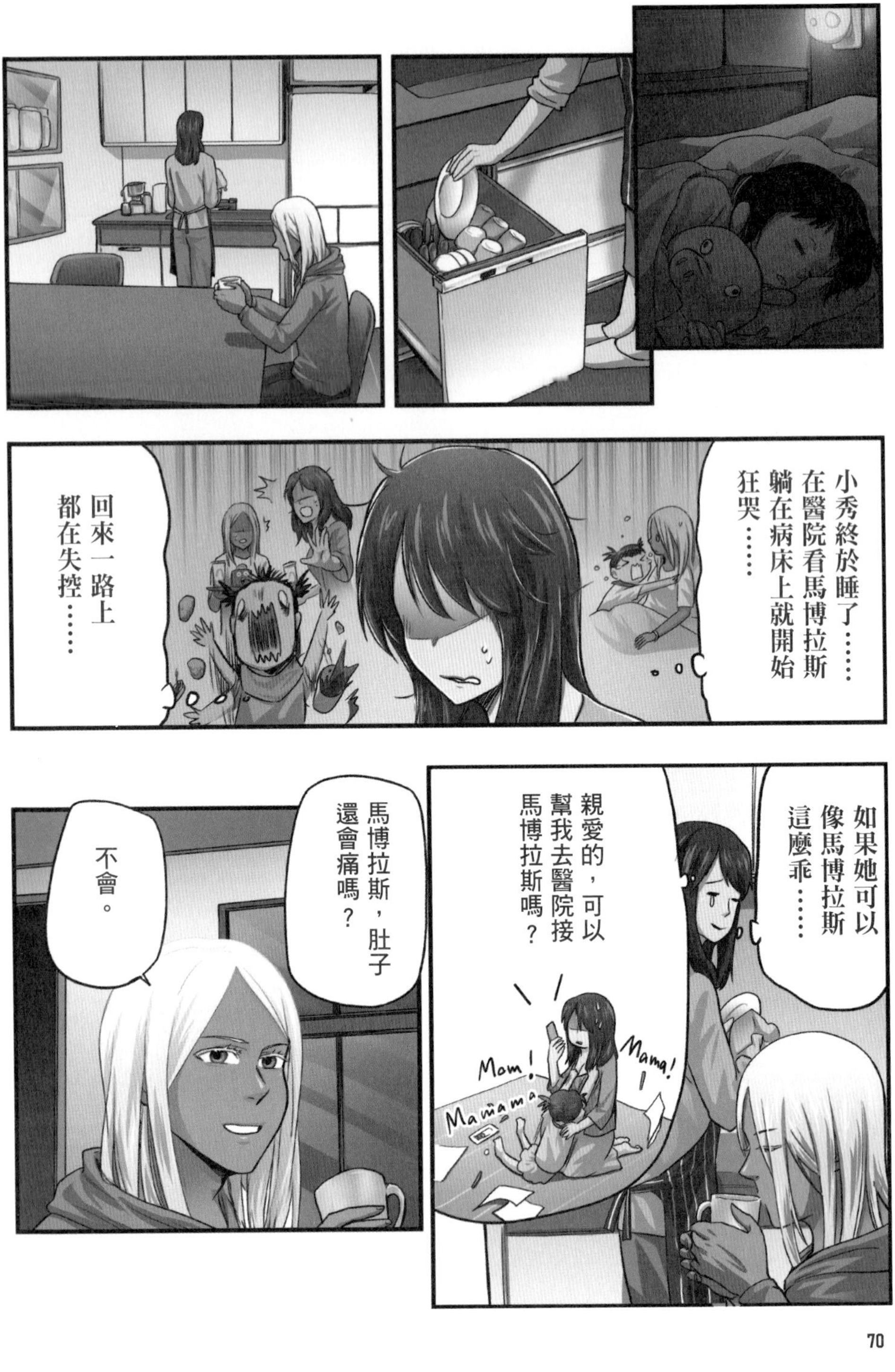
小秀終於睡了……在醫院看馬博拉斯躺在病床上就開始狂哭……
回來一路上都在失控……
如果她可以像馬博拉斯這麼乖……
親愛的，可以幫我去醫院接馬博拉斯嗎？
Mama!
Mom!
Mamama
馬博拉斯，肚子還會痛嗎？
不會。

發生什麼事情了嗎？可以跟我說沒關係喔。
……
我覺得很對不起大家……其實對方是我國中時的學長……
從我入學後他就開始欺負我，
但我並沒有惹過他，
我也問過他為什麼要打我？他就說看我不爽。
這就是霸凌啊！我兒子在美國也遇到過。
那個學長就一直欺負我和其他一年級的，
但是因為他是學長……
你們這些沒用的廢物！
休想爬上一軍的位置！

……
……
欸，你看那傢伙。
白頭髮的？
他就是教練花了很多錢挖來的人，
好像叫馬博拉斯，
教練好像很看好他呢，打過國際賽。
聽說還是紅葉出身的樣子，他打的位置跟你一樣，
教練應該很快就會讓他上一軍了吧。
上一軍？開什麼玩笑……我花了兩年才爬上這個位置……
不過就是隻山上抓來的猴子……！
……！
……
……？

明明就是不認識的學長，卻用仇人的眼神看著我……
他一直針對我，用盡各種方式刁難我、欺負我。
球場、教室，回宿舍後，
在晒衣場打我，
還把小雞雞放進我的屁股裡，

很痛，我就沒辦法練球，教練就一直罵我，也開始打我……
鏘啷
怎麼了？

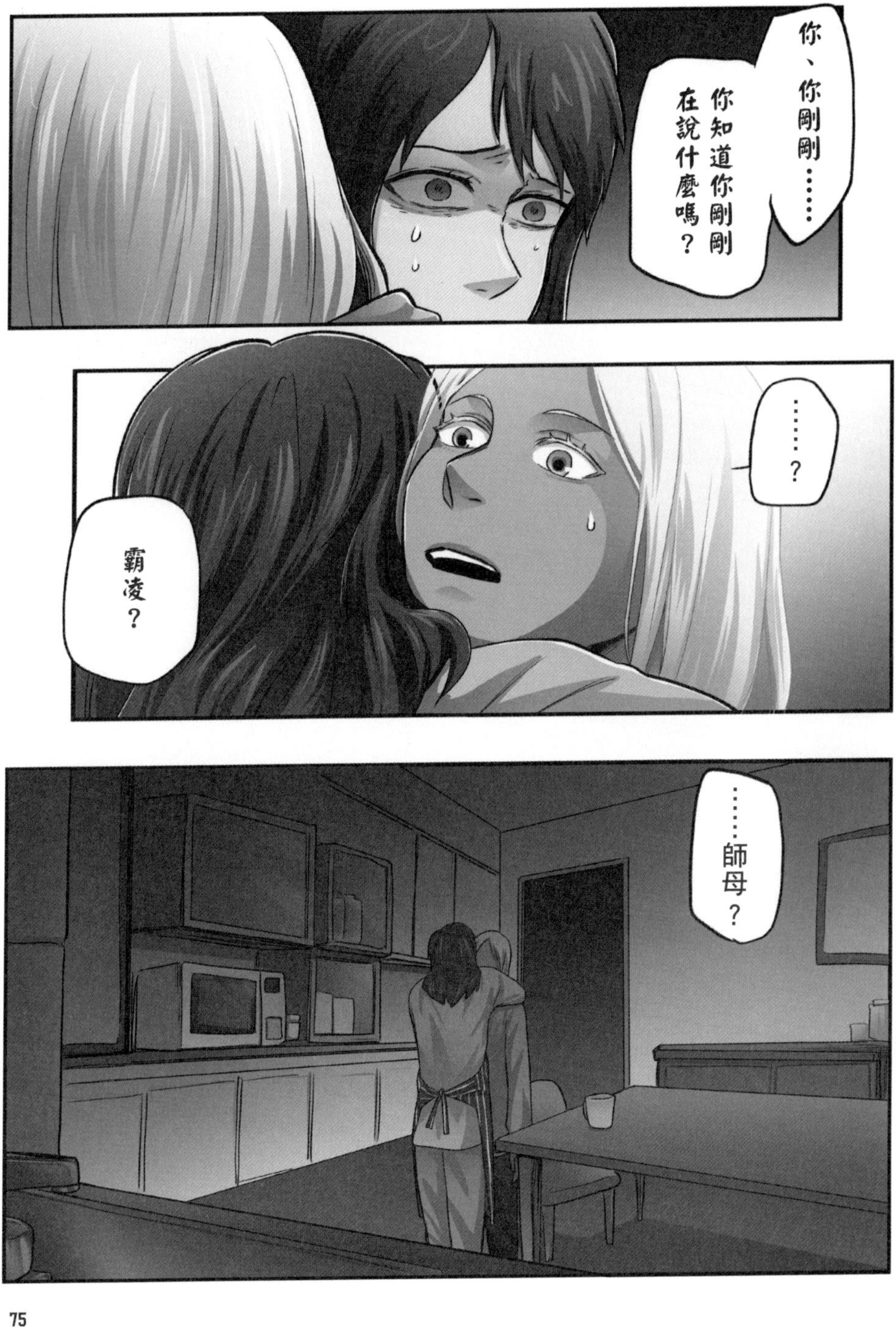
你、你剛剛……
你知道你剛剛在說什麼嗎？
……？
霸凌？
……師母？

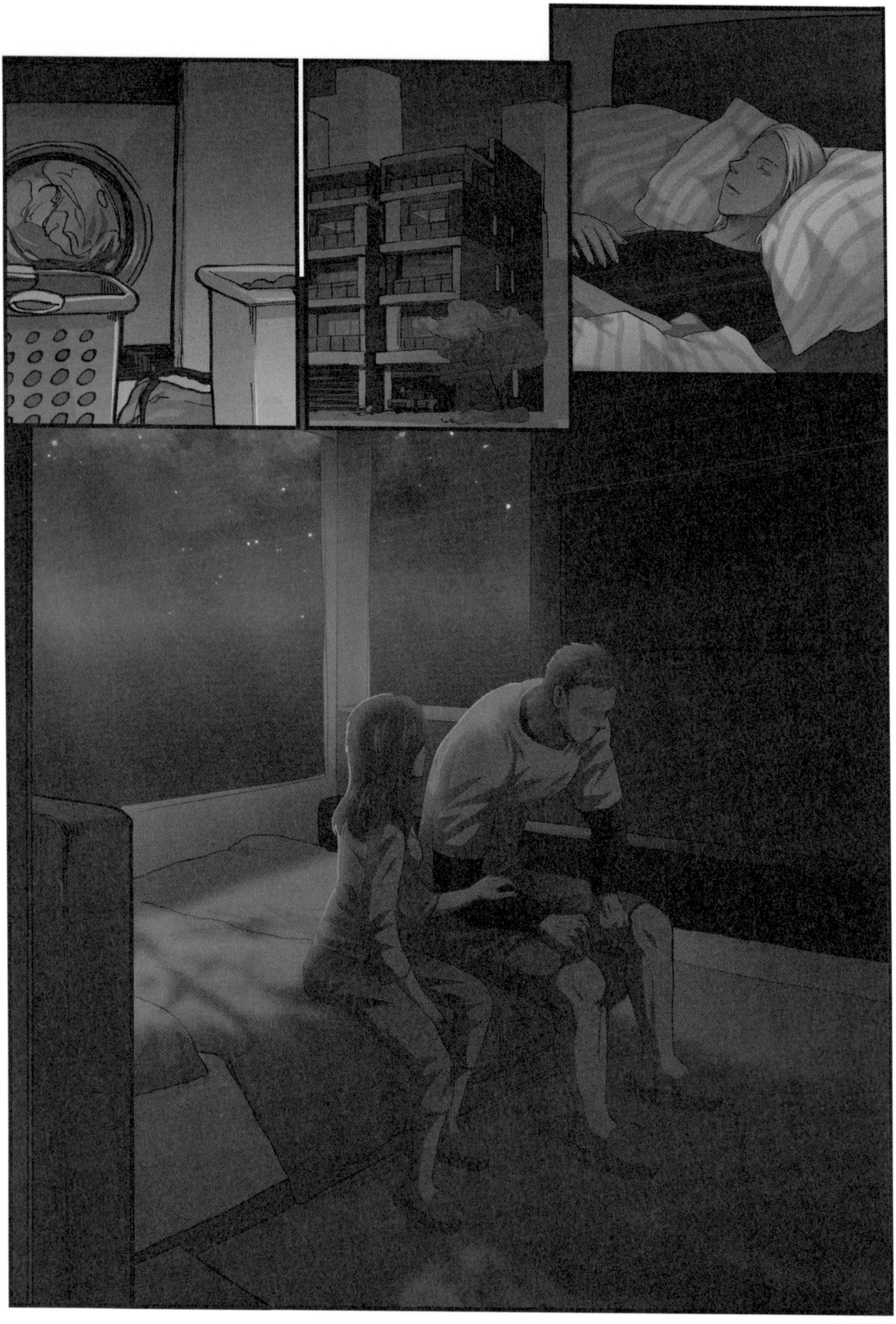

……
我一直以為，教練只要教球員怎麼打球，
直到今天我才明白……
教練，不能只是教練……

第41回．
遇強則強的本能

酷喔，偉士牌。
這我媽的。
喔喔那是捷運嗎？
你知道六都只有臺南沒捷運吧？
不知道。
臺南什麼時候才能有捷運呢～
這傢伙也太重了吧！
快催不動……加球具應該有一百公斤吧？
你有空嗎？明天來臺中教阿峰打擊。

有空嗎？
天來臺中教
峰打擊。
我不記得我有應徵打擊教練
我們有兩個人被禁賽他得下場打擊，但他什麼都不會。
輸入訊息...
我若去教對手損球（打棒球）敢好？個（他們）講個欠バッタ（棒子）。
敢是武德？
嗯……
莫怪你會躊躇（猶豫）。
必須愛你的仇敵，替遐（那）壓逼你的人祈禱。
聖經是按呢寫的。
我啊無信教。
好啦……
若按呢……你敢會希望伊變較強？
當然，
若是伊因為隊友予人禁賽這款理由，無法度出現佇（在）我的面頭前，
我一定會去教示（教訓）遐摸後跤（扯後腿）的。
呵

按呢傷過頭矣（太超過），阿灰……
伊其實本底（本來）就想欲去，只是愛揣（找）一个理由。
明天我一整天借你們，不過之後你也要把那傢伙借我玩一天。
你砸人那球真精準。
……你看到了？
我看每場比賽。
……
你不會覺得砸人不對嗎？
蛤？不是對方先丟你們的嗎？又不是動手就代表打髒球。
……
……他在補位時摸了我們女隊友的胸部，
我很不爽。
喔——
如果這種垃圾害你被淘汰，我也會非常不爽呢。

我可是跨過北回歸線來教你的啊。
……
北回？
前面就是我們的球場。
來了。
奇奇，明天妳去支援餵球。
教練教的妳都一下就學起來了。
可能因為我懂人體構造？
太好了，妳就學湯德灰的打擊型態，順便觀察他什麼點、什麼球種打不好！
要當間諜嗎？嘿嘿……★
武德
Bú-Tik
15

交給我吧 哈哈哈……
首先球棒要這樣握。
啊哈哈哈哈哈
哈哈哈
好，開始吧。
你幹嘛？
什麼幹嘛？不是要我教你打擊？不這樣怎麼教？
不要一直動來動去。
你就不能先用講的嗎？
完全不覺得哪裡奇怪的科班們。

好歹先講一下理論給我聽啊！
我是可以講啦……
但你又聽不懂。
連北回歸線都聽不懂。
每種打擊型態都能寫成單篇論文。
竟然直接認定我聽不懂
惡完全無法反駁啊啊
那就至少先示範……
我就是在示範給你看。
給我用你那空白的身體記住揮棒的感覺，握好。
只有一天就別浪費時間看理論了，
你先體會站在打擊區的感覺看看。
沙
！
完全不一樣的感覺……

覺得自己從攻擊者變成被動的防禦了？
……有點。
不，棒球場上每個位置都是為了攻擊而存在。
你得突破九個人的防禦才能站上壘包。
頭轉正面眼睛跟著球。
仔細看著！

做為投手，
看到球飛行弧度
瞬間就能知道，
這一球會不會讓
自己掉分……

球落地，代表被安打、被上壘、失分。
但是……
現在的我是站在打擊區！
這是一支漂亮的安打！
你覺得你的打擊能比我好嗎？
當然不能啊！
我新手耶！

對，我的投球也不比你強。
……！
他是在稱讚我嗎？
跟上！
我不想要你身上有太多你表哥的影子。
……你都知道啦。
向強者學習是最快的捷徑，
我當然會找最強的人來教你，讓你變強。
嗯，我會變強。

一點猶豫也沒有的回答⋯⋯
兩星期沒見，就變得充滿自信，是因為下定決心了的關係嗎？
真是明顯啊⋯⋯
平南
武德
Bú-Tik
的確跟得上，也能確實擊球；
這傢伙果然是天生要來吃這行飯的。

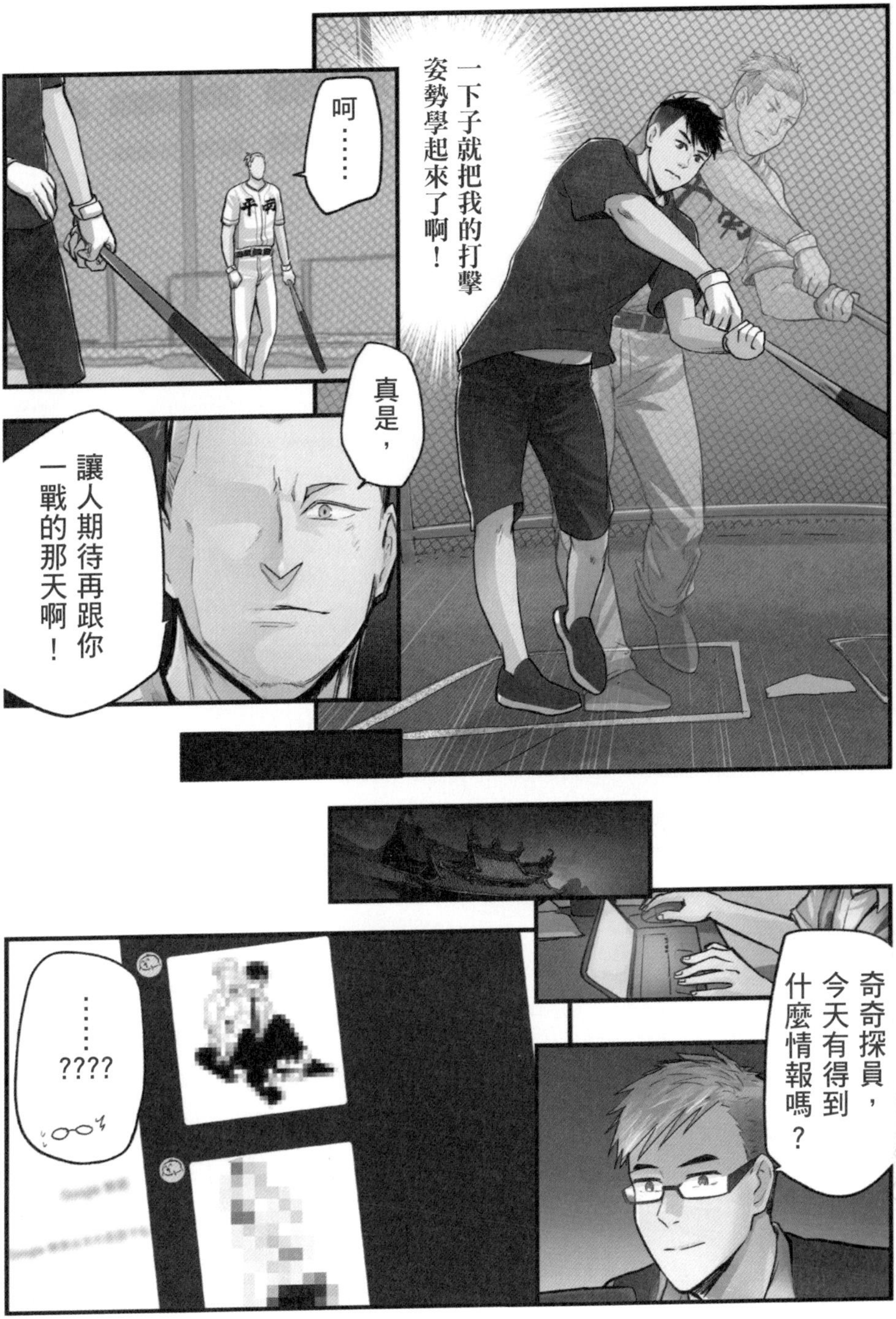
一下子就把我的打擊姿勢學起來了啊！
呵……
真是，
讓人期待再跟你一戰的那天啊！
奇奇探員，今天有得到什麼情報嗎？
……????

這間眼科不管外觀還是冰都太厲害了吧！
打完球吃東西再配甜點真是完美啊！
這傢伙也太會吃了吧？關一給的錢要不夠了……
這一千塊給你招待阿灰～
剛剛吃了大麵羹跟肉圓李海山河龍川炸粿春水堂和宮◯眼科……
旨い！[4]
4：好吃的日文。
吃太快了吧！
才兩格而已！
我得回家準備擺攤了，送你去車站嗎？
擺攤？夜市的擺攤嗎？
我也要去！讓我幫忙吧！
蛤？
雖然在對面而已。

你好厲害啊，竟然可以自己顧一個攤位。
習慣了。
我啊除了打球，其他的事情就一竅不通呢。
對了……我一直很想問你，
你是右撇子吧，為什麼今天教我左打？
因為流行啊。
流行？
我其實左右都能打，不過現在業界比較流行右投左打，
一支球隊裡面，如果有足夠的左打，
就能讓教練排出更多種陣容來面對對手。

對選手本身也有優勢。
可是業界……我還只是學生……
總有一天你要打職棒的，為什麼不現在就把自己當職業選手訓練呢？
你賣車的嗎？
……你一直這樣想嗎？
把自己當成職業球員那樣訓練自己嗎？
對，我國小就決定我要當職業棒球員。
在日本讀完小學後，就叫我爸讓我去美國讀書，這段期間一直都在打球；
如果你想成為什麼，就把自己放到那個標準去訓練。

真厲害……
我才初學者而已耶！
湯德灰已經在作職業球員的訓練菜單了喔。
原來教練不是在唬爛我……
我也覺得你們很厲害，
夜市工作的大家都是，
是跟我完全不同的世界呢。
的確，是完全不同的世界。
欸，怎麼是你？
那個灰色的傢伙怎麼會在這？
我記得他不是……
啊田心。
啊啊是正妹！

他來教我打球，順便逛臺中的夜市。
那你來對地方了！對了你叫……
叫我阿灰就行了，大家都這樣叫我。
欸好帥，你是混血兒吧？
花痴。
吵死了你林峰生！
啊人家難得從臺南來臺中玩，我幫你顧攤啦！你不可以冷落人家！帶他去逛！快去！
冷落什麼啊……
欸她好正喔，你朋友？
對，她喜歡我們球隊隊長。
好好喔，身邊有這麼多妹，有妹妹還有漂亮的朋友。
……

那是我家的攤位。
那是你弟跟你妹？
嗯。
你是大哥啊？我是家裡最小的，
剛好跟你相反，難怪你這麼穩重。
……
啊。
阿灰！你怎麼跑來了？
當然是來找妳哥啊！
你幹嘛？
喔──
喔啥潲。
姐，這人是誰啊？
喔，就那個湯德灰啦。
好像有跟你說過？

是哥哥討厭的人。
三
灰…三振
哥在說什麼？
湯德灰啦，一個哥哥討厭的笨蛋。
要睡
離哥哥遠一點！
欸……？

家營!?
為什麼這麼沒禮貌!
怎麼可以拿飲料潑人?
對不起、真的很對不起!
為什麼要打我!
我只是想幫你啊!
你在說什麼?
你才在幹什麼吧?
哥哥不是很討厭這個人嗎?
亂說什麼啊你!
還不快點跟人家道歉!
啪
沒關係。

小孩子而已，沒關係。
哥哥是大笨蛋！
家營！
沒想到他竟然把我的話給當真……
糟糕我亂講了什麼啊……
……
抱歉，先回車上換掉衣服吧。

脫掉那件，先穿球衣吧。
糟糕……好尷尬……
襯衫……我送洗後再還你。
沒關係，我自己帶回去洗。
不行。
是我弟弟弄的，我必須要負責。
真的沒有關係。
不行。
……

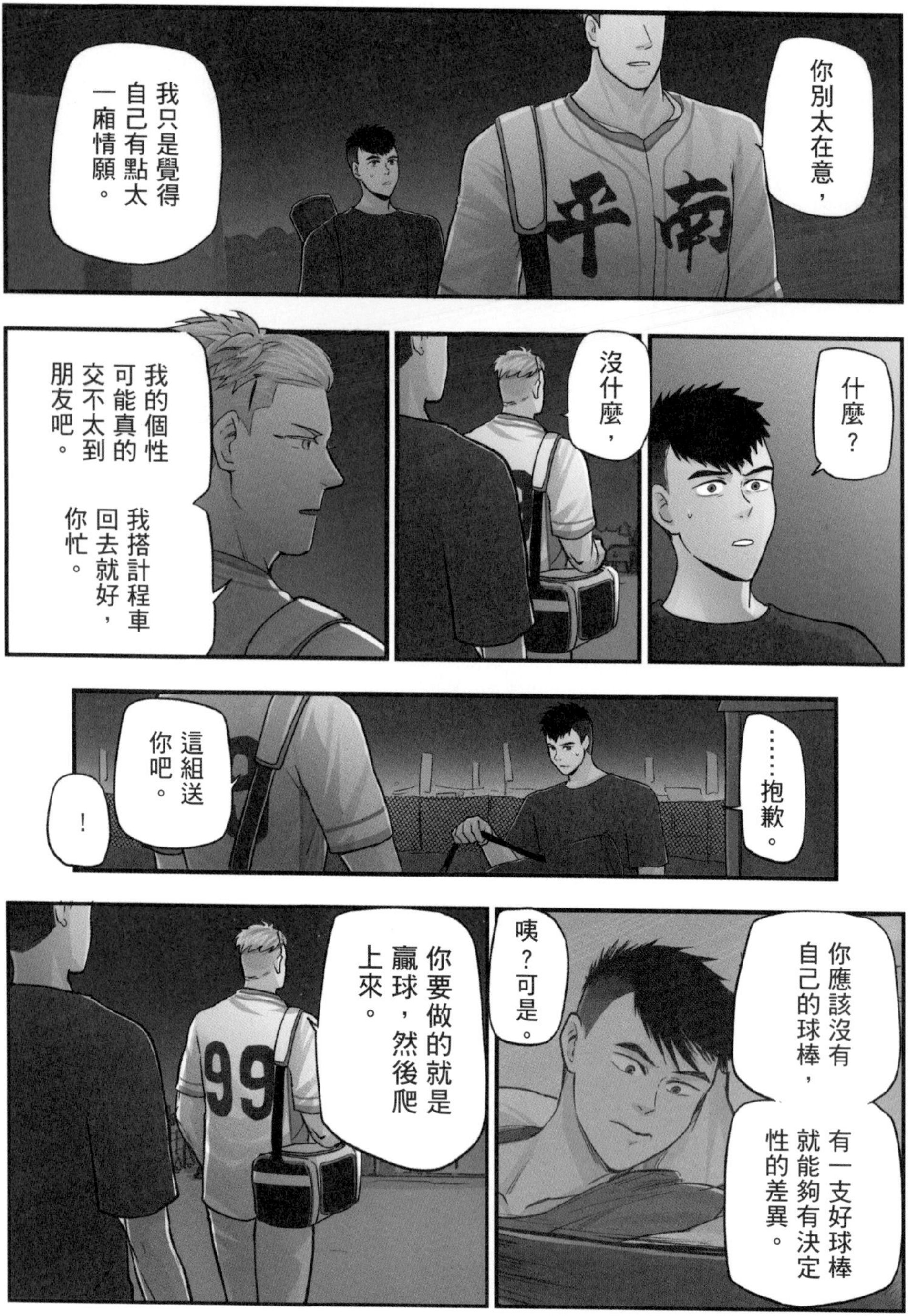
你別太在意，
我只是覺得自己有點太一廂情願。
平南
什麼？
沒什麼，
我的個性可能真的交不太到朋友吧。
我搭計程車回去就好，你忙。
……抱歉。
這組送你吧。
！
你應該沒有自己的球棒，
有一支好球棒就能夠有決定性的差異。
咦？可是。
你要做的就是贏球，然後爬上來。
99

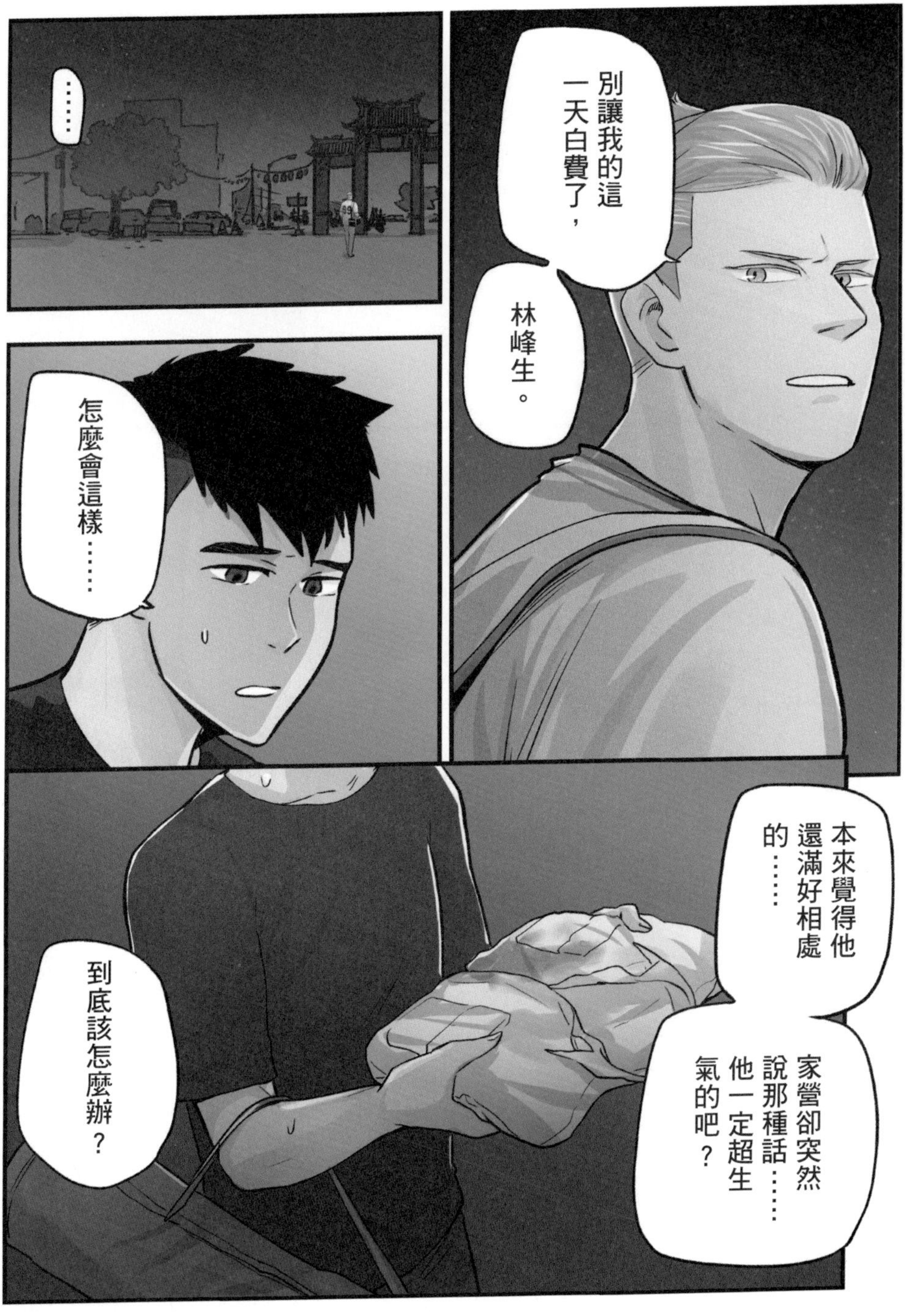
別讓我的這一天白費了，
林峰生。
……
怎麼會這樣……
本來覺得他還滿好相處的……
家營卻突然說那種話……他一定超生氣的吧？
到底該怎麼辦？

算了……
先把他的襯衫拿去送洗吧。
是可烘乾還是要……
沒看過的牌子？
是國外的品牌嗎？……
早知道就不要負起責任啦——!!
人生沒這麼後悔過。

林歆袠

國中，峰生的妹妹。
家中排行老二，已經很習慣對付奧客，所以在與他人相處應對上相當成熟（自己認為）。
阿灰送了她一款粉紅兔兔的區域限定貼圖後，就覺得他其實是個好人。

林家營

國小，峰生跟歆袠的弟弟。
個性比較像峰生跟爸爸，因為是老么，所以備受寵愛，有時候會做一些非常任性的事情，讓哥哥姊姊相當頭痛。
峰生並不希望弟弟跟自己一樣接夜市的攤，所以大多數時間家營都跟著媽媽或姊姊，比較少出現在夜市。

?
老闆這件襯衫就萬事拜託了……

第42回．無門的遺悔

各位，我們的四、五棒被禁賽了，
對手可能會覺得我們的得分效率變低。
那就讓他們這樣認為吧！
今天採取積極猛攻，
不要放過任何一個好球出棒！
接下來公布調整後的棒次。
讓我扛高能的第四棒？
這麼相信我嗎……
棒子不錯，
別用斷了。
連教練都這麼說……還是不要去查價錢好了。

第四棒：投手林峰生！
真驚人。
這是他第一次打擊吧。
看起來不像個新手，
揮棒動作非常乾淨流暢！
武德
Bú-Tik
那支球棒不是你送他的吧，霧生？
我送他的可沒這麼高級，是學生等級而已。
除了你以外還有其他人，那傢伙身邊還真多貴人；
這下他的威脅性瞬間上升了。
我知道。

我看得很清楚啊。
現在的峰生就像塊海綿，給他什麼就吸收什麼。
我不會讓峰生成為跟隨你的影子，林霧生。
我要讓他成為超越你的強者。

臺灣大中港高農獲得壓倒性勝利！
臺中區第一張通往全國大賽的門票由臺灣大中港拿下！
完全不意外。
我們的目標就是臺中區剩下的另一個名額……
A：臺灣大中港
B：
武德
古
只剩下一場就能拿到這張門票了！
武德高中再次對上古門高中！
古門高中 vs 武德高中
武德
閻

在地方賽時對戰過一次，
打者很難纏，但比耐力我可是練球跟顧攤兩邊跑啊！
哇啊！
觸身球！
糟糕！
峰生是第一次被觸身球砸……
峰生……

球……是往我飛來的！
和站在投手丘上完全不一樣……這就是打擊區啊！
怦
怦咚
怦咚
怦
真驚人，完全沒有受到影響，
轉換成打者身分後一下就適應了呢！
一般人初次被打到多少會怕啦！
這孩子心臟還真大顆！
每個位置都是為了「攻擊」而存在的。
覺得自己從攻擊者變成被動的防禦了？
不，棒球場上每個位置都是為了攻擊而存在。
武德
Bú-Tik
投手正在攻擊關一的好球帶……
關一他也在破壞投手的攻擊……
這就是打擊！
武德
Bú-Tik

雖然被打的地方有點痛……
但是都進廚房了，哪有在怕燙的！
STRIKE！
可惡，他竟然完全沒受影響！
真難纏！
那傢伙真的很難對付啊！
真是頭強悍的初生之犢啊。
如果能晉級全國大賽的話……一定會很精采的！

啊。
啊……
第二打席就開轟！
太神啦！主角威能啊！
！
真的……
轟出去了！
武德
Bú-Tik
恭喜首轟出爐啦！

武德
Bú-Tik
武德 1
古門 0
6
幹得好！
恭喜！
恭喜啊！
太神啦阿峰！
拉開膠著狀態啦！
教練呢？他有看到吧？
教練！
我首轟出爐……
峰生……
學校打電話來，說你爸出車禍了。
啊？

怎麼辦？
峰生……
不知道
他會不會就這樣不回來了？
比賽也才第六局……
怎麼辦……
這樣下去的話……
……
你們在嘀咕什麼？
輝雪！
要是這場輸掉的話，他連回來的機會也沒有！
給我打起精神！我們現在可是領先啊！
一分也是領先給我拚命守住！
……！
是！
輝雪變得有學長的樣子了呢！
是啊！
也希望峰生他爸沒事……
嗯……

急診
EMERGENCY
掛號
好的，我幫你查一下。
還是搞不懂為什麼我現在站在這裡。
大家都很錯愕，
只能看著我離開比賽。
武德
我也不知道要跟「他」說什麼。
弟弟你打球？
？
上次跟他說話是什麼時候？
為什麼偏偏要挑這天？
弟弟，你爸爸在那，急診區。

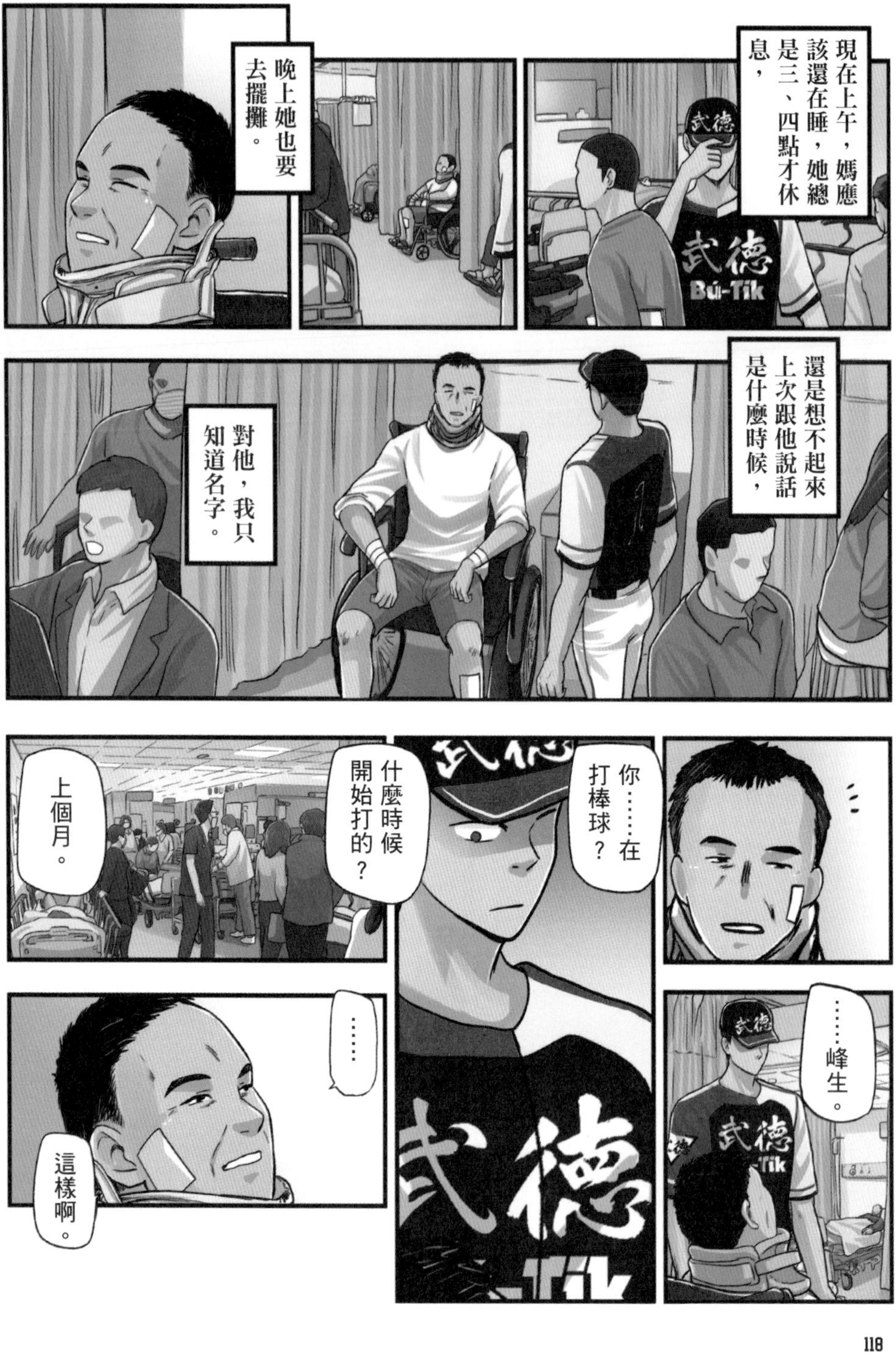

現在上午，媽應該還在睡，她總是三、四點才休息，
晚上她也要去擺攤。
武德
武德
Bú-Tik
還是想不起來上次跟他說話是什麼時候，
對他，我只知道名字。
你……在打棒球？
什麼時候開始打的？
上個月。
……峰生。
……
這樣啊。

以前，我很喜歡棒球。
……！
不過那時候爸很窮，
總是去朋友家看免費的電視轉播，
那時住臺北，有一個棒球場外面有個高臺，
爬上去就可以看到球場。
所以我有空就會跟朋友去看免費的比賽，
他中國做生意失敗回來後就相當沉默。
坐在上面吃便當，跟球場裡面的人一起大聲加油。

媽媽跟他說，可以在雞排攤旁邊賣飲料，
這是我對他的印象。
後來有一次，我手邊有多餘的錢，
那時風氣很不好，我想說再不進場的話，以後可能沒機會了……
我就去買了張門票，
可是，隔天那支球隊卻整隊被抓走了。
直到現在我都還沒進場看過比賽，
那張門票，就像我的人生一樣沒門。
你能在這時代打球很幸福，
以後如果有機會的話就出國去，

不要留在臺灣，
你一定會比我還要成功。
爸爸沒事，就只是犁田[5]而已，
你要待的不是這裡，
你應該回球場上去。

5：騎摩托車摔車。

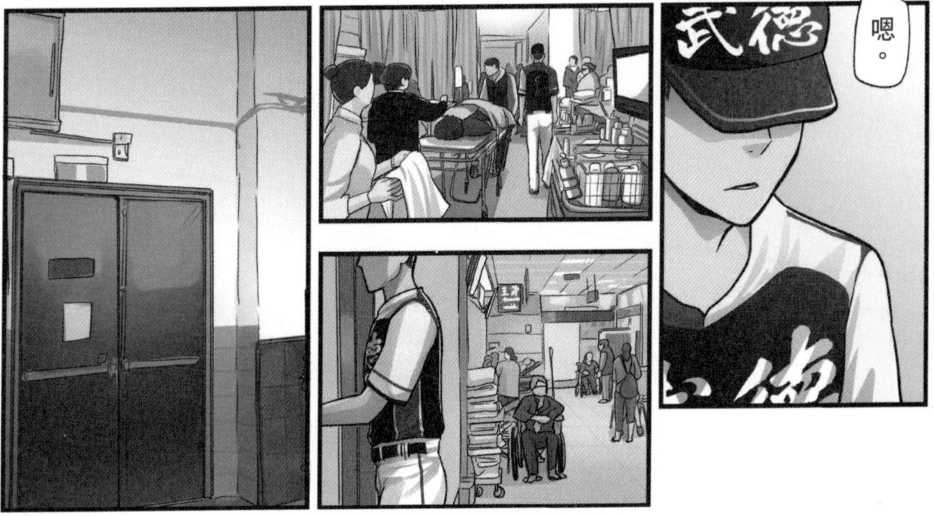
嗯。

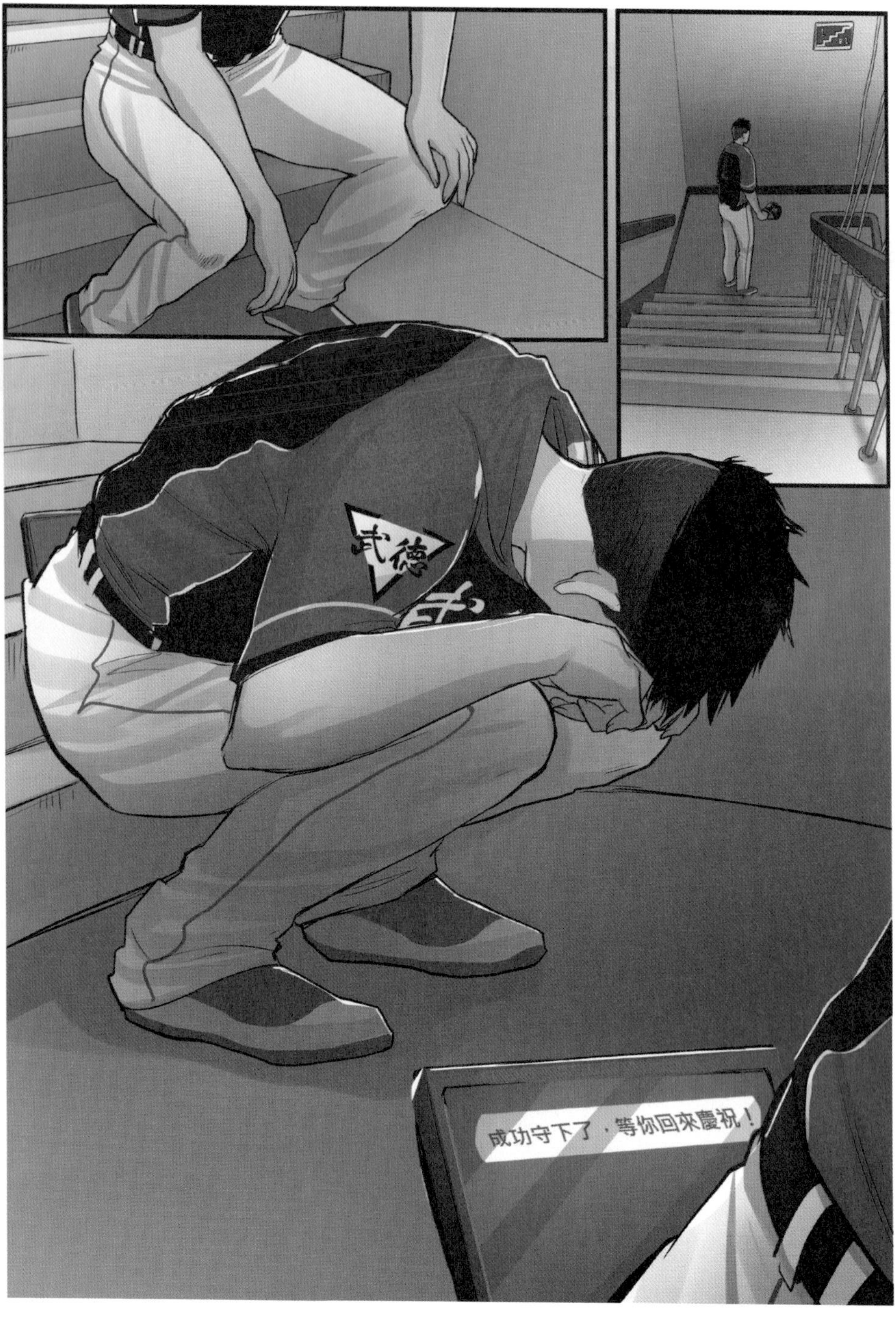
武德
成功守下了，等你回來慶祝！

啊啊啊不行了！
田心妳才跳一下而已耶！
好累喔，我要休息！
太廢了吧？
啊不是都上山集訓過了？
吵死了我剛下課啊！你們都不用上學喔？
不用啊。
我又沒讀高中。
沒人在讀高中啦。
咦？你們沒去學校嗎？
學校又沒有用，去幹嘛？
我連國中都沒讀完咧。
咦……妳們也是嗎？
為什麼？

妳也太沒見過世面了。
咦？怎麼……
田心小妹妹，
這個，是我國中時被我爸砍的，
他要強暴我，我就拿刀跟他互砍。
我是被我哥賣掉了喔。
他跟他學長說只要幫他儲值遊戲點數，
就可以上我。
我們就再也沒回學校了。
……

是老闆他們兄弟倆看我們可憐，
才把我們幾個領到宮裡照顧。
雖然他們也稱不上什麼好人，
可是至少願意給我們安全的地方住，
還教我們一些東西。
妳長得這麼可愛又單純，
可以平安地長到這個年紀，真是被保護得很好呢。

貝……
呀啊！
貝比姐！
對不起我不知道你們這麼辛苦！
雖然我也是單親，可是、可是大家都很照顧我……對不起！
妳幹嘛跟我道歉……先放開我！
我也很可憐啊！
對啊！
快點抱我！安慰我！
我也被家人趕出來耶！
可惡我也要抱抱！

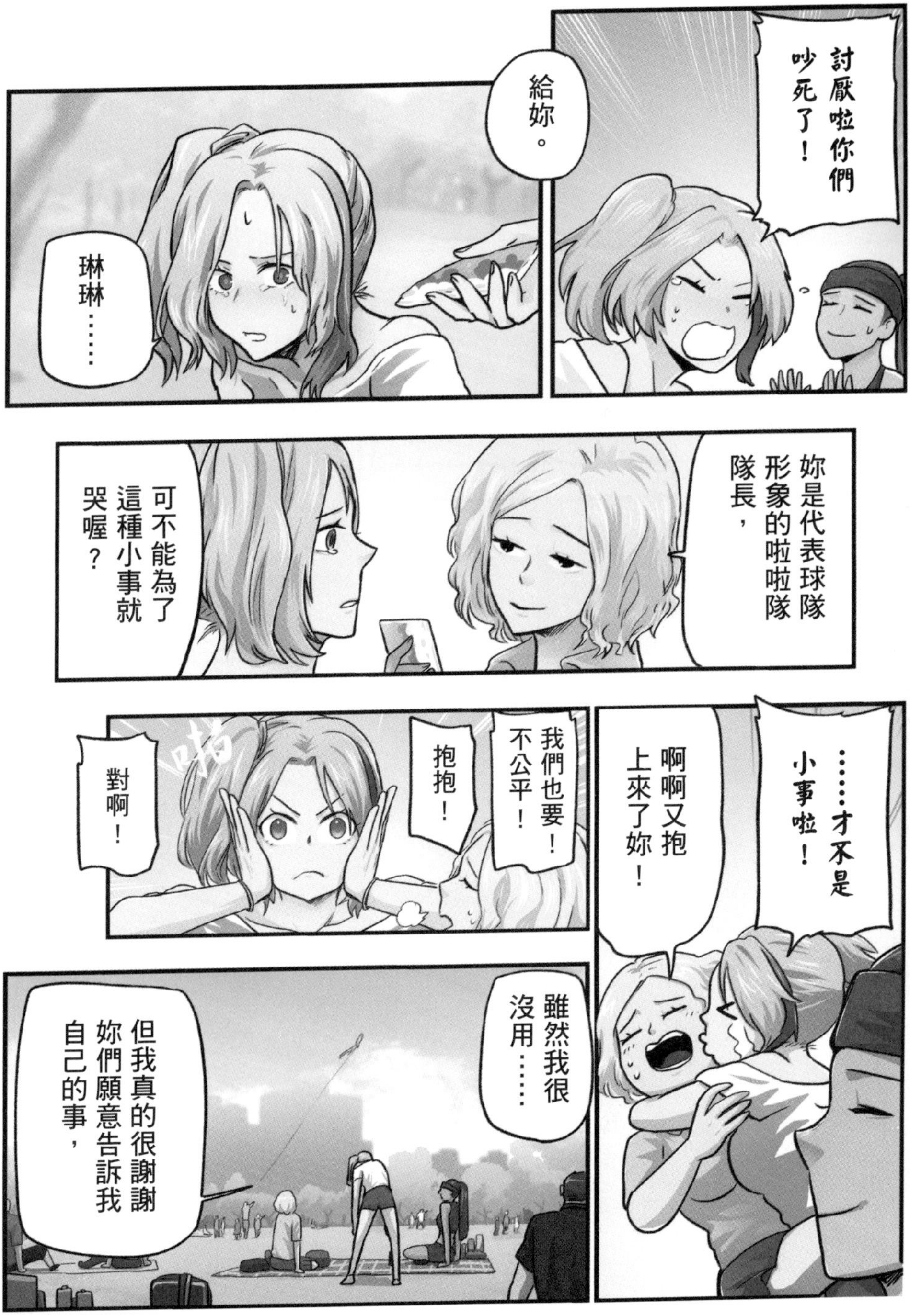
討厭啦你們吵死了！
給妳。
琳琳……
妳是代表球隊形象的啦啦隊隊長，
可不能為了這種小事就哭喔？
……才不是小事啦！
啊啊又抱上來了妳！
我們也要！不公平！
抱抱！
對啊！
雖然我很沒用……
但我真的很謝謝妳們願意告訴我自己的事，

我會努力學習變堅強的！
請教我更多加油舞步吧！拜託了！
先抱抱。
討厭你們很煩耶！
真難得妳會跟別人說自己的事呢。
沒辦法啊……
那樣單純的溫室花朵，
我只是看不下去而已！
看了就很不順眼。
真是羨慕啊，
能夠露出那樣無憂無慮的笑容，
啦啦隊隊長就適合由這麼單純的傢伙來擔任。
呵呵～
走吧，該起來幹活了。

賀 武德高中棒球隊晉級
全國大賽36強
志嘉、尤伊！
！
哥哥！
聽說你們打進全國大賽了，來看看你們！
他們是？
是巴萊哥和安倫哥喔！
巴萊哥哥是警察，是他調監視器才找到肆天的！
非常感謝，多虧你幫忙我才能帶他回來。
哪裡，應該的。
我叫巴萊，戴巴萊，這是我男友立安倫。
教練好！我是服務於臺灣大中港分隊的消防員立安倫！

你們是志嘉和尤伊拔的……
力圖鎖定的鋼鐵直男。
就哥哥而已，沒有實質法律關係啦。
說起來有點複雜，不過簡單來說就是……
看他們沒人照顧，就撿回分隊了！
你還撿了一堆狗跟貓吧。
總之現在是我倆在照顧志嘉他們！
有人在嗎？
沒有。
看吧。
爸爸媽媽在哪裡？
大概是去喝酒吧？
媽媽跑路後就沒回來了。
那你為什麼要睡在外面？不是有床嗎？
……
在外面的話就會有人來陪我聊天啊。
誰來陪你聊天？
任何人
任何人都可以跟我聊天喔。
尤伊……
要準時回家喔，不能超過十二點
我剩半小時而已啦！
不要亂罵人會被吉喔！
網咖就是其中一個
幾年前我發現很晚了他們還在外面遊蕩，
就去關心。安倫也是這樣！
照顧著就變現在這樣子了。
原來如此，那他們原本的父母……？
尤伊喔？
那孩子呢？誰照顧？
我們都會幫忙照顧一下
那邊那個啦，大白天就喝醉的就是尤伊他爸！
他一直都……這樣嗎？
很久啦。我剛認識他就這樣了。
他月初會去領補助，領到錢就去買酒喝啊，從來都不工作的。
這種人很多啦，整組壞了了，沒救了。
啊……有些人生孩子不是因為愛呢。
偶爾會有生完就丟著不管的狀況。

我是自己也有類似的背景，
所以看到他們時覺得不能置之不理啦……
雖然只是放在隊上而已沒做什麼啦哈哈哈！
不過有人陪的話就不會變壞了呢！
我當年也差點變壞了~
我不就陪著你還把你拉回來嗎？
你是用打的吧！
對了教練，
他們兩人本來是踢足球的喔。
巴
難怪身材不太像一般棒球員，有點太瘦了。
他們也想繼續踢球，
但在國中時，教練告訴他們……
在臺灣打棒球比較有未來。

學校體育班招收以棒球為主，還有供食宿。
供食宿……
志嘉，我們改打棒球吧。
也能有更多升學的機會。
還只是個小學生就要面對這種問題，
您不覺得很哀傷嗎？
一路明星學校無縫接軌美職殺進大師聯盟。
……
隔了一座中央山脈竟然有這麼大的差別……
他們現在過得很開心啊！
你也太嚴肅了～
我們也是接受別人的幫助過來的，
就算持續有孩子是為了補助而被出生，
只要有更多人願意對他們伸出援手不就行了！

我也想丟個幾球！
真是。
來自偏鄉嗎……
我本來是想等他至少國中再出去…
巡山員的薪水並不多，獵物也變得越來越少
我知道養育一個球員要花很多很多的錢，
所以我讓他去了資源最多的學校。至少他能得到很好的照顧。
馬博拉斯是單親家庭。
啊…有些人生孩子不是因爲愛呢。
偶爾會有生完就丟
不管的狀
志嘉與尤伊拔生父母有跟沒有一樣，高能出身棒球世家，反而是最正常的一個，體能也最好。
當然，其他的孩子也有各自的問題……
教練不能只是教練，
棒球，也不只是棒球啊。

對了哥哥，要不要一起實戰練習？
！
反正你們今天放假？
可以嗎？教練！
實戰嗎？他們……
……他們的體格看起來很擅長運動。
只有他們兩個對吧？
需要免費好用的勞力嗎？交給我們吧！
迅速
我們來啦！
你們可以再不裝一點。
竟然直接開公務車來。
抵達

身為一個消防員，來剛維修完的球場安檢也是很正常的！
我是來查水表的。
辦球賽時救護員在場也是很正常的。
屁啦！
血汗
柏青
劍橋
你們想偷懶就說……
什麼偷懶，我今天是放假啊！
剛好在隊上寫報告，就一起來了。我要幹翻這些小屁孩……
呵呵呵
請不要把寫報告的怨氣發洩在這些高中生身上。
你應該先去睡覺才對。
啊！連學長也……
聽說你們這需要支援！
阿銀！田納西！
田納西
阿銀
連你們也來啦……
這樣我們人就夠啦！
真假……

那就開始吧！
蠢羊宇宙之戰！
啊，警察大哥！你們要穿皮鞋打嗎？
可別小看我吧。
開玩笑，哥可是穿這個追犯人的！
其實是運動皮鞋。
好帥啊！
那我們就不放水了啊！
儘管來吧小鬼們！
你是教練嗎？
我是。
我們是附近的商家啦，
看到你們外面掛著的紅布條，
想說送一點補品給你們，恭喜你們打進全國大賽！
喔喔喔！
Fighting

原本沒想過要與社區的人打招呼……
人們卻因為棒球而產生了連結，
棒球原本的模樣是什麼……
相信，在接下來的大賽中會越來越清晰吧。

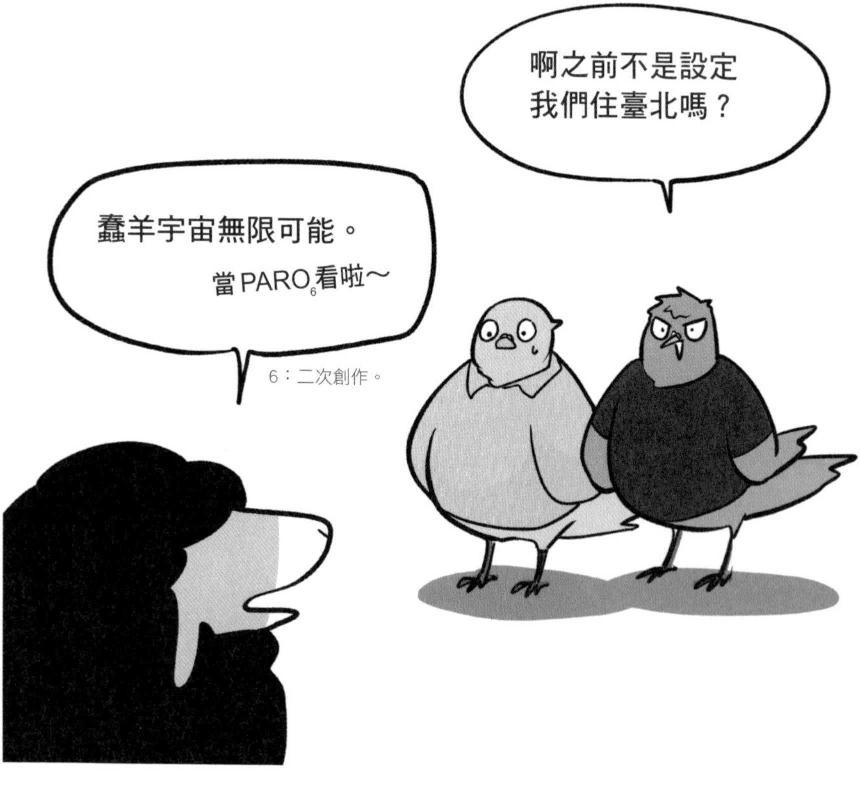
啊之前不是設定
我們住臺北嗎？
蠢羊宇宙無限可能。
當PARO[6]看啦～

6：二次創作。

第43回．無眠夢

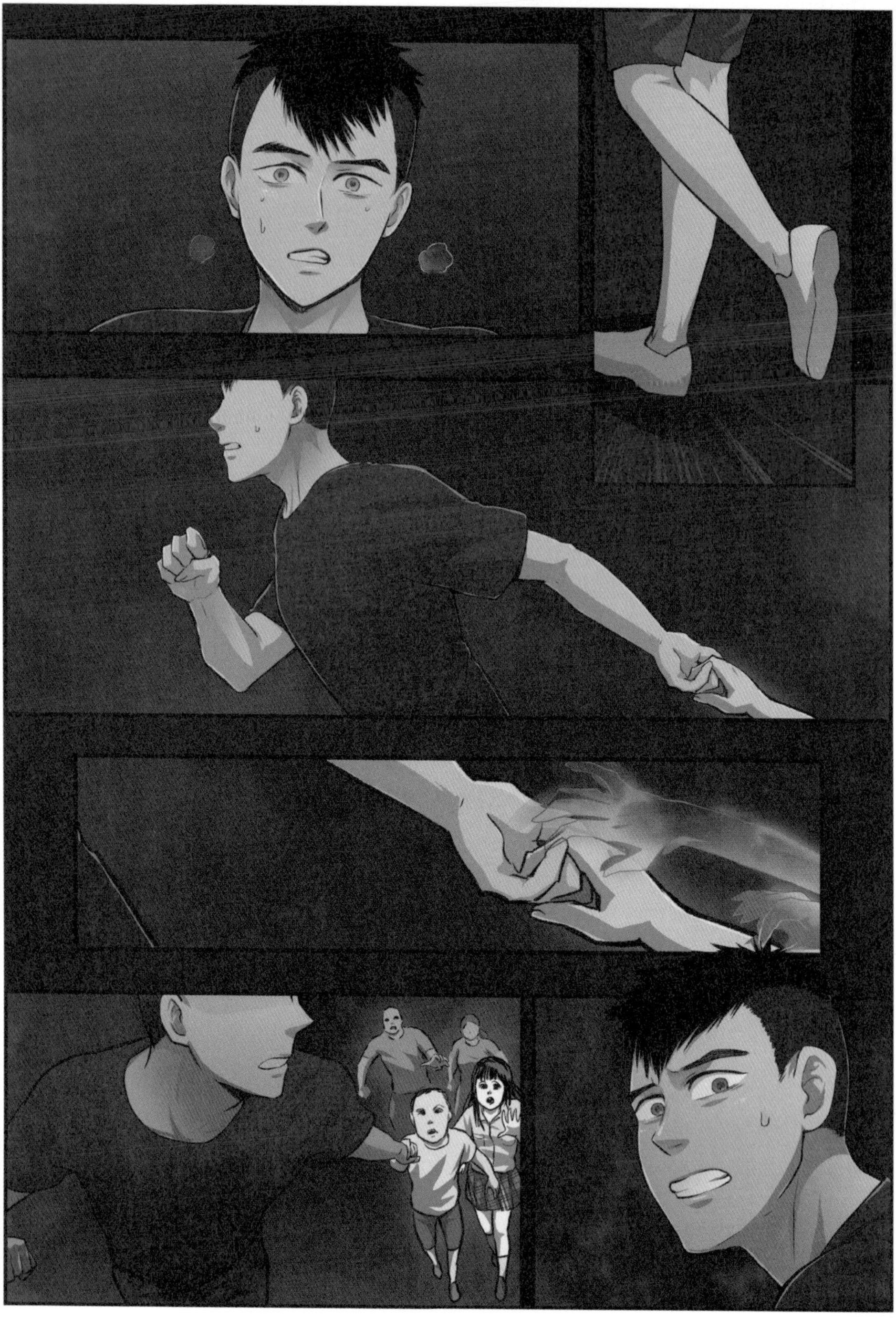

……夢？
呼
呼
……
為什麼他會出現在夢裡……
……

雖然下定決心要追上你，
但是前進怎麼這麼難？
算了……別想了。
今天要北上去抽全國大賽的籤……
這個夢……實在不是什麼好預兆啊……

臺北
大家想必都已經聽說了，
數十年才會出現一次的「大物」……
再次降臨了臺灣的高中棒球界。
勝葉先
巔峰盃 主辦大會會長

投打雙棲，剛好還是上個大物的學生，
棒球之神就是這麼愛開玩笑。
沒錯，
到底是不是・・・百年大物……
就讓我們看看吧，這場巔峰之戰……！
等他站上最高點的那天到來！哈哈哈哈哈哈！

大港高中
港
臺灣大中港高級農業學校
武德高中
平南高中

欸政翟，
平南的制服也太浮誇了吧，
根本日本制服吧？
那是日治時期留到現在的啦，夏天就是西服。
大概一世紀前。
後來學生抗議這樣搞會熱死人，夏裝才改成西服。
冬服就沒改。
其他學校的制服也好帥啊！
那間水手服的很強嗎？
對，大港高中是跟平南高中差不多強度的南霸天。
不過這種制服實穿嗎？
感覺風會灌進來啊……
其實這是作者的癖好，沒有想討論實不實穿的問題。
上面那些是我試圖合理化的說詞，作者高中穿什麼，我們也穿什麼。你看很懶吧。
不要再擅自打破第四面牆了啦。
還有十分鐘就開始抽籤。

絕對、絕對絕對不要抽到平南、大港和臺灣大中港！
記得！
全靠阿峰你的新手運啦！
噗
噗
噗
狂灑
神啊保佑武德高中吧！
我們的生死就交給這隻無敵香雞手了！
噴完後不要亂摸東西！
這什麼迷信……還是不要跟他們說早上的夢好了。
光想就覺得不吉利。
高中聯賽
巔峰盃
全國抽籤
大會
各位強者，歡迎踏上前往巔峰之路。

我是會長勝葉先，今天抽籤將會決定各隊的命運！
無論是哪條路線，擁有實力的強者們，
都絕對能戰到最後一刻！
來吧，派上你們最精銳的主將……
抽出自己的對手！
政龍
武德

咚
咚
咚
咚
咚
咚
現在開始前三十六強賽程抽籤！
嘩
嘩
嘩
嘩
那三所學校的人坐好前面，
是依照強度來分座位的嗎……？
瞪
糟糕好尷尬……
上次衣服都還沒還他……
他臉色好可怕，一定在生氣吧……

↑英國出生臺英混血兒。　↑日本出生臺美混血兒。

偷瞄
伸
希望不要抽到太強的隊伍……
你是不是想幹人家!?
可惡又不小心跟他對上眼……
喔喔！抽出哪一隊呢？
!?

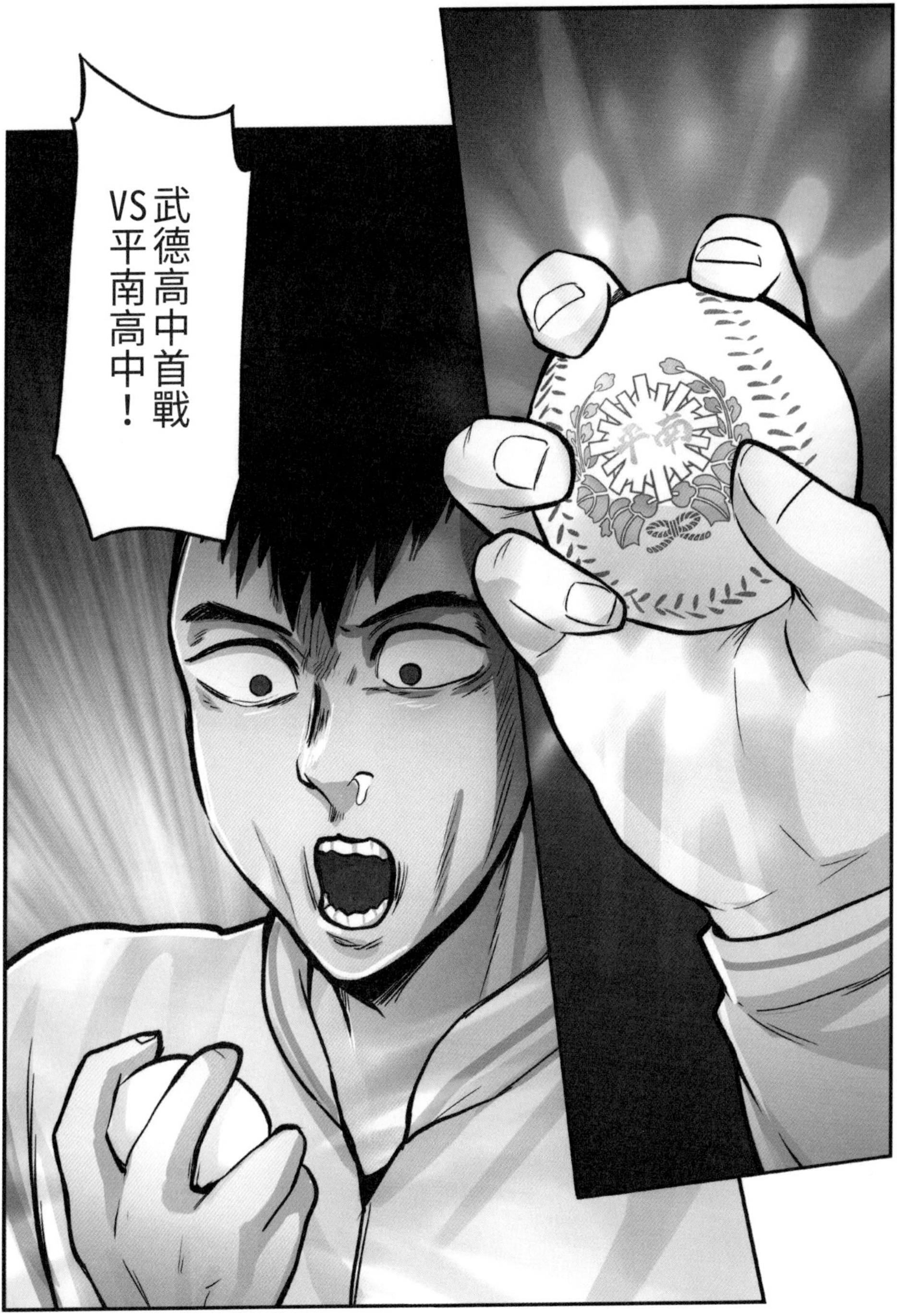
武德高中首戰
VS平南高中！

耶！太好啦！
讚！
少一張籤王啦！
神抽啦！
大感謝！
嘿嘿！
就知道我倆心意相通！
……

△ 危險動作請勿模仿。

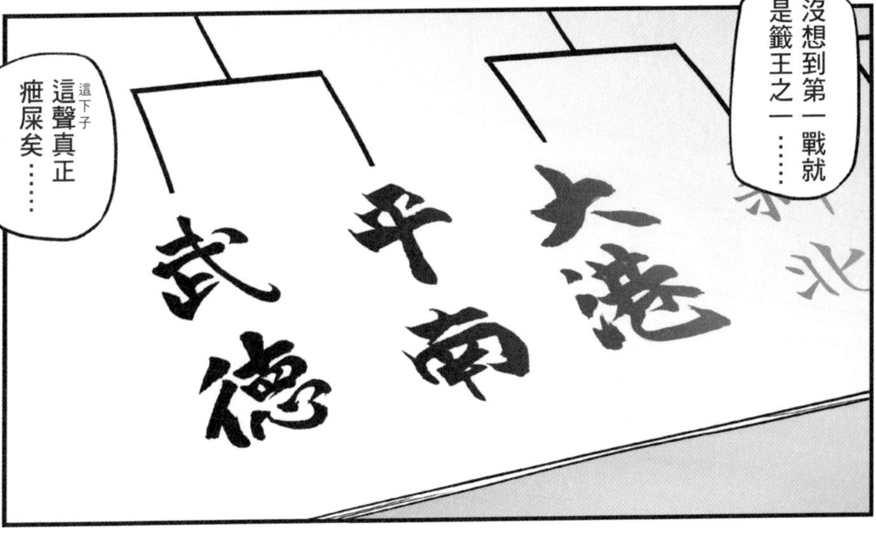

——未完待續

再次跟大家見面了，集數來到第六集！
本作規劃共有十集，在真正進入了下半場後，
有種「啊，真的走到這裡了」的感覺呢！
這集內容比較沉重，我想談的是「教育」！
教育
讓大家隨著教練，在一個晚上經歷兩名學生的過去，
一個是差點失去，一個是已經失去卻不知道自己失去什麼的悲劇；
當他以為自己救回肆天而感到安心時，卻得面對另一個血淋淋的現實。
……說來諷刺，在我寫這段劇本時，這個事件卻真實地在臺灣上演了。
當事人也不知道自己遭遇的並不只是霸凌。
啊啊心情好惆悵…
雖然不是第一次發生，但是每次都會很惆悵。

任何地方都有霸凌，當然本作也不會缺少，但我並不太想直接談霸凌本身，
怎麼每個國家都有這種爛文化。
我想讓角色們背負著這些陰影，然後各自做出選擇、繼續成長。
我也不想描繪一個烏托邦的世界，
愛
熱血
友情
夢想
畢竟臺灣的國球背負著許多陰影，它很沉重，但總得要有人來說才行。
如果直接大聲疾呼沒人愛聽，
那就透過角色用故事說吧，
從早上天亮就開始練球，
回到教室後就累趴在桌上補眠聽不了課，
出外比賽期間無法受教，
學校
希望有更多人看到，這些孩子們在體制中欠缺了什麼。
術科成績優秀，但學科普遍悽慘……「體育班」無非就是這麼簡單且脆弱。
20
15
台東
台東

但是你說這個制度差到需要消失嗎？它也同時接住了許多缺乏照顧的孩子；
有些孩子，即使體格不適合打球，卻也因此得到照顧。
尤伊與志嘉就是這樣的案例，放棄自己的興趣，
加入了球隊，因為球隊能提供生活需求，還有教練跟老師的照顧。
它不全然是負面的，但更不能說是完美；
這個制度是靠著許多教練的愛、各方人士的幫忙，以及政府的補助，才得以繼續下去。
故事的後面也會繼續討論這個現象。

最後，希望蠢羊宇宙的學長們大亂鬥能為這沉重的一集帶來歡樂！

對警鴿、消防鴿系列作品有興趣的朋友可購買《菜比巴警鴿成長日記》跟《火人FEUERWEHR》

本來說要出消防鴿的菜比巴日記，但挖坑成性的我先後出了歷史名人傳跟一堆同人誌……
心虛
編輯
主編
希望明年會有機會……
下集會是很棒很棒的臺南篇，也是我目前居住的城市！搬來第一年地主隊就得了冠軍真是太湊巧啦～～～
讓我們一起去府城，在古蹟裡面打棒球吧！

Fun 084

棒球人生賽 6th

作　者──蠢羊（羊寧欣）
協　力──花栗鼠（韓璟）
主　編──陳信宏
責任編輯──王瓊苹
責任企劃──吳美瑤
內頁排版──執筆者企業社
臺文審定──薛翰駿、李盈佳

編輯總監──蘇清霖
董事長──趙政岷
出版者──時報文化出版企業股份有限公司
一〇八〇一九台北市和平西路三段二四〇號三樓
發行專線──（〇二）二三〇六──六八四二
讀者服務專線──〇八〇〇──二三一──七〇五
（〇二）二三〇四──七一〇三
讀者服務傳真──（〇二）二三〇四──六八五八
郵撥──一九三四四七二四時報文化出版公司
信箱──一〇八九九臺北華江橋郵局第九九信箱
時報悅讀網──http://www.readingtimes.com.tw
電子郵件信箱──newlife@readingtimes.com.tw
時報出版愛讀者粉絲團──http://www.facebook.com/readingtimes.2
法律顧問──理律法律事務所　陳長文律師、李念祖律師
印　刷──華展印刷有限公司
初版一刷──二〇二一年十月十五日
定　價──新臺幣三三〇元

時報文化出版公司成立於一九七五年，並於一九九九年股票上櫃公開發行，於二〇〇八年脫離中時集團非屬旺中，以「尊重智慧與創意的文化事業」為信念。

ISBN 978-957-13-9489-3
Printed in Taiwan